神
入間人間
插畫／植田亮
神的垃圾桶

神的垃圾桶
入間人間

輕文學
Light Literature

2000mg 含量

第一章

上大學的收穫是肌肉。一個人空閒時間真的太多時，最終似乎會走向自我鍛鍊之路。大學生活實在太乏味了，反正閒來無事，何不在自我墮落之前做做運動呢？於是，健身計畫展開了。現今的時代，只要上網就能輕鬆搜尋到有效率又簡單的鍛鍊肌肉方法，低廉的公寓也可瞬間變成健身房。

如果家裡附近有健身房，我也考慮過加入會員，但說到學生街，街上盡是收費便宜的居酒屋和小吃店，還有房屋仲介，哪來多餘的空間開一間寬敞的健身房。一月下旬時，我忽然升起想鍛鍊肌肉的念頭，那時剛考完期末考，開始進入漫長的寒假。俗話說，幾分錢幾分貨。低廉的公寓儘管是大白天，也照不到陽光，室內冷得讓人直發抖，我為了取暖而心生做運動的念頭。最初光是做三十次仰臥起坐，就讓人痛得抱著肚子唉唉叫。不過，這樣的疼痛感反而成了最大的收穫。做運動帶來的疲勞讓人輕鬆品嚐到成就感，進而得到心靈上的滿足。有別於看不見未來的目標和願景，只是隨波逐流地在大學裡聽講課的徒勞感，健身可以讓人陷入自己正在向前邁進的錯覺。事實上，不過是習慣不停在原地踏步的動作罷了。

一個時間太多的男人有效率地鍛鍊身體來節省時間有何意義？有一段時間，我的意識完全被肌肉掌控，甚至都忘了思考這個問題。即使到了現在，還是擺脫不了肌肉的控制，只要有一天疏於鍛鍊肌肉，入睡前甚至會感到焦急不安。這樣就結束一天妥當嗎？我的深層意識宛如也鍛鍊出六塊肌似的，會不停發出警告。很多時候掙扎到最後，就會在半夜裡做起仰臥起坐。

就這樣像個傻瓜一樣傻傻地反覆鍛鍊肌肉後，原本弱不禁風的瘦高身軀，漸漸從細細一根豆芽菜變成杉樹，下一個目標是把四肢練成像樹幹一樣粗壯。但在五月的連休假期回老家時，母親問我一句：「你練成一身肌肉要做什麼？」自從聽見這句再理所當然不過的疑問之後，我內心對於肌肉的熱情也逐漸冷卻。這時如果能豁出去地說：「這不是道理說得通的事情！」並執意走向自己選擇的路，或許可以練就完美的肉體，但我的熱情和資質似乎都不夠。或許應該說，我再也受不了只吃香鬆（海苔雞蛋口味）配白飯的生活了。

臉上總是掛著傻笑、眼神呆滯的高個兒，從邊框滿是塵埃的鏡子前方走過。一頭如雜草叢生般的亂髮散發出一股哀愁，更散發出頹廢感。用手梳理一下頭髮後，蓬亂到極致的頭髮總算平順了一些。整理完頭髮後，順便把長在喉嚨上的一根細長黑毛拔掉。黑毛差不多每兩個月就會長出來，真不知道是長什麼意思？

我試圖甩開沾在手指上的黑毛，但不論怎麼用力甩，黑毛就是不肯飛走。垃圾桶剛好就在旁邊，不得已我只好把黑毛抹在垃圾桶上，然後穿起鞋子準備出門吃晚餐。彎下腰拉鞋跟時，正好看見寫在垃圾桶上的「神」字。渾圓的字體一點也不適合出現在雜亂無章的男人房間裡。望著渾圓的字體幾秒鐘後，我走出房間。連門也懶得上鎖，便朝向車站的方向走去。

房間裡藏著怕被偷的東西。如果小偷上門想找出那東西，勢必要先把骯髒的房間打掃一遍，這樣正好幫了我一個大忙。而且，以大人為服務對象的聖誕老公公也可能來房間放禮物。萬一他來的時候發現門鎖著，可能會掉頭就走，那豈不是虧大了。我一邊仰望梅雨季即將結束的七月多雲天空，一邊幻想天真的美夢。

靠著肌肉和打工順利熬過今年的冬天後，大二的上學期課程隨之展開。春天的溫暖陽光籠罩下，讓人忍不住悄悄期待起會有什麼好的改變。然而，等到察覺時，夏天已經到來。我既沒錢，也沒女朋友。唯一的興趣就是自己開心地評論短詩和翻垃圾桶。

尤其是後者，如果只看文字表面的意思，可能會覺得很有問題。

天空穿上厚重的雲層，不肯袒露出透徹的藍色肌膚，我抬頭望著如淑女一般的天空低喃：

「到底是什麼地方做錯了？」

我試著回顧過去，但過去的景色一片平坦，幾乎不見任何岔路。因為過去什麼也沒發生過。

所以，一下子就找到了錯誤。

去年的夏天和女朋友分手果然是最大的錯誤。

如果沒有分手，說不定就有機會吃到魚卵口味的香鬆配白飯。

在與肌肉邂逅之前，我有一個女朋友。當時的我當然喜歡女朋友勝過肌肉。

我和她大學一年級時參加同一個研究班而認識，在還沒搞清楚狀況之下喜歡上對方，不知不覺中她也住進了我的公寓。現在回想起來，不禁覺得她有點輕佻，而事實上，也確實有輕浮的一面。當然了，我是說彼此都有。

不過，到了現在，我深深覺得當初不應該一起住。用科技先進的現代電視機觀賞老電影時，會覺得畫質粗糙。同樣地，人們之間一旦拉近距離、影像變得清晰後，再美麗的事物也會清楚看見粗糙的部分。

我不想具體說出她的缺點，所以在此省略，但我們在秋天即將結束時吵架分手。說是吵架，其實幾乎是她單方面在發脾氣，我已經筋疲力盡到一句話也沒說。我當時早已領悟到不管說什麼也是白說，因為她的情緒十分激動，根本無法溝通。

不知道為什麼，鬧到最後的收場是我被甩了。也是啦，以女生的角度來說，比起自己被甩，當然是甩掉對方才不會難堪。她把寫了她名字的物品全部打包……不對，她只留下一樣東西後，搬離了公寓。

那天晚上，我在難得恢復寬敞的房間裡，躺成大字形入睡。

「今晚恐怕要失眠了。」我裝傻地這麼說，但三分鐘之後，便夢周公去了。

她習慣在自己持有的物品上面寫名字，喜歡凡事都很明確。

說到她和人交往的方式，或者應該說在陷入熱戀期的時候，我本身也被寫了名字。我還曾經肚子寫著她的名字，就這麼去澡堂洗澡。當然了，她身上也寫了我的名字。那時我甚至覺得讓人看到我身上有她的名字是值得炫耀的事。

現在回想起來，不禁有股想死的衝動。因為當初是用油性筆寫的，所以過了很長一段時間才慢慢消失，如今我用腹肌取代她的名字，事情算是圓滿落幕。分手沒有造成傷口，也沒有留下痕跡。事實上，就算她突然出現並提出想要重新來過的要求，我也會拒絕。俗話說不管過程如何，只要結局好就好，但如果最後留下不好的印象，整體也會隨之失去美好的印象。

神的垃圾桶

與她的邂逅帶來了什麼？那就是喪失自尊，最後走上翻垃圾桶之路。

在大學裡晃來晃去，流了一身汗回到公寓。房間裡的狀況和出門前沒什麼兩樣，也沒看見丟在桌上的香鬆多出新口味的包裝。如果要說沒有任何人進來房間卻出現變化，只會有一個可能性，那就是垃圾桶的內容物。我探頭一看，內容物果然變多了。還真是不客氣呢，一直丟垃圾進來。也對啦，把垃圾丟進垃圾桶本就是天經地義的事情。

今天可以看到什麼爛短詩呢？我在「神」的垃圾桶旁蹲下來，在垃圾桶裡翻找。

我不是魔法師，也自認每天照著世界常識在生活，但唯獨這只垃圾桶是例外。每次察覺時，就會發現垃圾桶裡多了東西。當然了，那東西是垃圾。讓人苦惱的是，為什麼一樣的現象不會發生在錢包上呢？對了，垃圾桶上的「神」字是前女友寫的。因為是我房間裡本來就有的垃圾桶，所以被寫上我的姓氏。

所以，正確來說，垃圾桶上的字應該發音為「Jin」，而不是「Kami」（註1）。不過，「Jin」的垃圾桶聽起來不太順口，聽了也根本不會覺得它是一只擁有特別功能的垃

註1◆日文的漢字分為「音讀」和「訓讀」兩種讀法，音讀為模仿中文讀音的讀法。訓讀是藉中文漢字的字形、字義來表達語意，但讀音仍是日本原有語言的說法。以「神」這個漢字來說，音讀的發音為「Jin」，訓讀的發音為「Kami」，而日文在表達神明的意思時，會以訓讀的發音「Kami」為主。

圾桶。我一直認為是因為把它稱為「Kami」的垃圾桶，才發揮了不可思議的神奇力量。

其實它只是我搬來這棟公寓時，在大賣場買來的便宜垃圾桶。它是一只塑膠材質的藍色垃圾桶，外觀上沒有任何特別之處。你想買多少個相同的垃圾桶都買得到。實際上，我也試著買了第二個，但只有擁有「神」之名的垃圾桶，才會發揮神祕的力量。

垃圾桶裡會自己多出垃圾，真是令人生厭的詭異現象。從被送來的垃圾內容看起來，似乎是從公寓裡其他住戶的垃圾桶轉送過來。可能是我為人實在太親切了，老天爺讓我還能幫別人倒垃圾。

這個說法太牽強了。

我親眼目睹過好幾次垃圾被實際轉送過來的畫面，所以不可能是有人偷偷闖入房裡來丟垃圾。除非世上真有隱形人，那犯人肯定就是他。不論是不是隱形人所為，這都是一件極其不可思議的事，也是給人添麻煩的事。倒垃圾很辛苦耶！

有一次，我去倒垃圾時恰巧遇到房東（老婆婆），房東還對我說：「你怎麼老是在倒垃圾啊～」當時真想反駁說：「妳去找其他人抱怨啊！」

神的垃圾桶就是這樣只會給我添麻煩，但久而久之，我開始能藉由這些垃圾來消磨時間。人類的適應力真是一件值得探索的有趣事情。自動掉進神的垃圾桶裡的垃圾包括隨筆寫下的神祕詩篇、女生的髮絲、國中生的講義。除此之外，還有揉成一團、碰都不

神的垃圾桶

想碰的面紙或空的冰淇淋盒，這類純粹是垃圾的物品占了絕大部分。也是啦，垃圾桶當然是用來裝垃圾的。話說回來，公寓裡的其他住戶發現垃圾桶裡的東西突然消失，都不會覺得納悶嗎？「哇！高科技的垃圾桶耶！」萬一他們都抱著這樣的想法接受事實該怎麼辦？大家都是笨蛋。

算了，不管他們了。「喔！有了！」新創作的今日詩篇送來了。近來閱讀詩篇成了我唯一的娛樂活動。快來看看今天寫了什麼吧！攤開皺巴巴的活頁紙——

蒼天凋落之日

夏日是針，在傷疤上扎出那天淌下的鮮血（痛楚）。
不體貼，不重要，想遺忘，想愛。
每當鮮血（回憶）浸濕乾枯的謊言（逞強），裂痕一道道地出現。
夏日只是銳利的現實（針），
在逐漸融化的幻影（我）上，劃出傷痕（形狀）。
夏日是串起破碎回憶的鑰匙（針），

請在光芒（布邊）的縈繞下，
串起我的愛（線）。

「……胸口好痛。」

胸口感到一陣灼熱。念出聲音後，更覺得痛苦難熬。

字旁的小字標註讓人看了很痛。這個標註部分，我到現在仍無法克服適應。

到底是誰用著什麼樣的表情寫下這些詩篇？

光是閱讀詩篇的內容，就讓人覺得害臊。我把身體探出窗外，試圖讓籠罩全身的熱氣散去，就像曬在陽台上的棉被一樣掛著兩隻手，整個人貼在窗邊。雖然屋內相當悶熱，但屋外多少還吹得到一些風。至於窗外的景色，在遠處的大學為背景下，頂多只看得到宿舍和大廈，沒什麼值得欣賞的。

地面上長出少得可憐的雜草，我注視著雜草回想今天的詩篇。

「第一點……標題和內容沒什麼關聯。」

寫詩的人可能是隨著情緒走，寫到最後自己越走越遠。

作者為什麼要執著於用針來形容夏日呢？

大部分的詩篇都是描述悲戀的內容。很明顯地，作者戀愛了～

這些是失敗作品才會丟進垃圾桶裡，真不知道合格作品會有多大的殺傷力。我很想讀讀看合格作品，同時又有一種排斥的心態，不希望再有情緒的起伏。人類真是複雜的動物。

我試著在腦中尋找可能是寫詩者的人物，但想不出任何人。

我和這棟公寓的住戶沒有深交，像是二樓的住戶，有時甚至分不清楚什麼人住在哪一間房間。只有一個住在隔壁房間、名為西園的男生比較常有機會一起行動，所以比較熟。還有住在西園隔壁的女國中生和她媽媽，偶爾會說到話，最多就這樣而已。

此刻，那位女國中生正好從窗戶探出頭來。她擺好跟我一樣的姿勢後，發現我的存在。「嗨～」我態度慵懶地舉高手打招呼後，女國中生以開朗的態度說：「晚安！」

女國中生的瀏海整齊，看起來就像所謂的馬桶蓋髮型，但根據她本人的說法，那髮型似乎和馬桶蓋有些不同。既然她都有些氣憤地這麼表示了，或許有什麼堅持點吧，有可能是左右兩側和後面的頭髮長度比一般馬桶蓋髮型長一點。女國中生的長相稚氣，五官輪廓看起來會覺得鼻頭還圓圓的，但有著符合其年紀的可愛感。

其實我不記得女國中生叫什麼名字，但每次碰到面都會打個招呼。還有，天氣熱的時候，也會親切地互相寒暄說：「今天好熱喔～」這棟公寓的住戶當中，應該就屬她最乖巧。不過，她的媽媽強悍得不得了，那氣勢猶如河豚在揮舞武士刀一般。

單親家庭的母女兩人住在公寓裡，不曾看過父親出現。有可能是死了，或是離婚了。垃圾桶裡的國中生講義應該是她丟的。空閒時我會拿來看一下，那些講義大多是保健快訊或國文課本的影本，讓人看了覺得懷念，也常常陷入鄉愁。

從前的我自我意識過強，焦躁地反覆做出愚蠢的行為。到了現在，很多都成了「丟臉」的回憶。

「好熱喔～」

「真的～」

每到夏天，都會來一段這樣的互動，互動完之後，我看向前方。和一個女國中生交談，有什麼話題可以炒熱氣氛嗎？她應該也沒有可以和大學生聊天的共同話題吧。

「妳跟妳家的媽媽有血緣關係嗎？」當然也可以這麼問，但很難預料她會做出什麼反應，所以我還是把話吞了回去。而且，那位強悍的媽媽搞不好也在家裡。

寫出美麗詩篇的作者有可能是她嗎？一個正值多愁善感年紀的少女，藉由寫詩來表達情感並不稀奇。會是她嗎？儘管很在意，也不能草率做確認。畢竟很難去說明我怎麼會看到那些詩篇，也不知道說了人家會不會相信。

如果真是她寫的，那表示她很聰明。

更值得讚揚的是，從詩篇內容可以感受到作者發揮了我逐漸失去的無限想像力。

記憶中，我還是國中生的時候，如果沒看著字典，還寫不出「鑰匙」二字。

「神先生。」

「嗯？」

聽到女國中生的呼喚，我抬起頭看。她把下巴倚在手臂上，臉朝向這邊。

真是難得，聊完天氣熱的話題後她還會來搭腔。

還有，她記得我的名字呢，真是了不起。

「你……呃……內……」

「內？」

女國中生說不出話來。就像麻糬梗在喉嚨似的，她的整張臉從下巴開始泛紅。真是有趣的臉紅方式。她拚命甩著頭想要吐出話語，但似乎難以做到。看她這麼難以啟齒的樣子，該不會是想說什麼黃色話題吧？很猛喔，女國中生！

我抱著期待的心情興奮地等待著話語，但女國中生像是察覺到我的想法，搖了搖頭後說：

「還是算了。」

「……喔。」

女國中生打消主意的表現讓人十分在意。我很想問個明白，但中間隔著一間房間，距離似乎遠了些。

在保有這般距離感之下，很難去打聽對方的私事。不過，這樣就不會對對方幻滅，或許算是很理想的距離。

女國中生嘆氣嘆了三次後，縮回房間裡，我也跟著往後躺下。躺下來之後，看見一隻蚊子從眼前飛過，才想起原本就是怕蚊子飛進來才關著窗戶。我伸出手試圖打死蚊子，但只聽見一陣振翅聲，眼睜睜地看著蚊子往天花板飛去。

房裡沒有開燈，一片昏暗之中，只聽到微弱的振翅聲傳來。仰望著蚊子輕輕鬆鬆地飛遠，心中不禁浮現一個想法：如果真能擁有符合神之名的魔法，我比較想擁有一雙翅膀，而不是垃圾桶。或許是因為這房間的天花板很矮，才會讓人更想要展翅高飛吧。

這棟破公寓的一樓有四間套房，二樓有三間套房。一樓的住戶我可以分得很清楚，包括剛才的女國中生家庭、名叫西園的愛作夢男生、房東，還有我。至於二樓的住戶，就幾乎沒有交流了。最多就是透過垃圾桶，多少接觸到他們的生活。

住在二樓最裡面那間套房的男生是一半人類的敵人，他每星期都會帶各種女生回來。而且不知道為什麼，那些女生早上要回去時，頭髮都會被剪得短短的，每個女生都被剪成馬桶蓋的髮型。剪下來的髮絲會被用廣告紙包起來丟進垃圾桶裡，只能說疑雲重重。話說回來，一整撮頭髮挺讓人發毛的。

第一次看見垃圾桶裡出現髮絲時，三更半夜的，我還獨自在房間裡狂叫。我誤以為有人遭到殺害，而髮絲是分屍後的一小部分，甚至嚇得腿發軟地確認髮絲是不是連在頭顱上。幸好二樓的男生不是變態殺人犯，截至目前為止也沒看過有女生離開時頭顱不在脖子上。

說到住在他的隔壁，也就是中間那間套房的男生，還真的是沒有交流。那男生大部分時間都關在房間裡，我頂多只對他的米粉頭有印象而已。男生似乎是自然捲，瀏海也長得讓人很想幫他撥開來。我幾乎沒和他說過話。不過，有時候會看見有美女來他家玩，所以這傢伙也是敵人。

最後是住在我正上方的住戶，她是女生，我記得應該是姓比內。她在半年前搬來時來打過一次招呼，而且一副完全是基於義務的態度。她臉上既沒有笑容也不多話，不過，光是年輕又漂亮這兩點，想必有一大半的男生都會原諒她。

當然，我也原諒了她。儘管那次之後我甚至沒跟她說過半句話。

「……喔？又有垃圾送來了。」

我把脖子往後仰，在顛倒的景色中發現垃圾桶裡的變化。

因為垃圾桶的材質很薄，所以儘管是半透明，也看得出內容物變多了。這次會是什麼垃圾呢？垃圾的終點——腦中不禁浮現這句討人厭的形容。難道這間房間整體就是個垃圾桶？

我伸長腳，用腳趾頭關上窗戶，但要上鎖就沒那麼順利了，所以最後選擇放棄，就這麼躺著用背部在地板上滑動，往垃圾桶的方向靠近。身體不斷地扭動之下，腋下磨得好痛。

不過，因為視野顛倒過來，所以這樣移動身體時會陷入一種朝向天花板飛去的錯覺，感覺挺暢快的。我打算就這麼躺著翻找垃圾，結果手臂勾到垃圾桶，垃圾桶朝向我的臉倒下來。發出慘叫聲掙扎時，垃圾仍繼續往我臉上砸。因為垃圾也跑進嘴巴裡，我趕緊伸出舌頭把垃圾吐出來。真是一場非常好的教訓，人類如果太偷懶，就會得到相對的報應。但問題就出在，人類很快就會忘記教訓。採用這樣的說法就可以把問題推給種族，強調不是我個人的問題。

我起身抓起清空的垃圾桶後，盯著垃圾桶看，最後戴到頭上。別問我為什麼，我也不明白。我的髮量太多，塞了半天才好不容易戴上去。有必要這麼辛苦也要戴上垃圾桶嗎？因為太悶熱了，頂著垃圾桶撐了幾秒鐘後，我立刻拿下來。結論是如果要戴，還是戴水桶比較好。

這次改成把垃圾桶放在頭上。可能是沒有梳頭髮的關係，垃圾桶意外安穩地停留在頭上。即便站起身子，垃圾桶也沒有掉下來。我就這麼站到鏡子前。

一個臉上掛著傻笑、眼神呆滯的男生，頭上頂著一只寫了「神」的垃圾桶。這畫面比想像中更具殺傷力。如果我不是我，肯定會立刻報警。

試著拉高嘴角露出滿面笑容後，腦中只浮現一個想法：「沒救了。」

玩垃圾桶終於也玩膩了，我開始收拾起垃圾，一邊確認內容一邊把不要的東西一樣一樣地塞進還沒綁上袋口的垃圾袋裡。在垃圾裡尋找可以消磨時間的東西，簡直像在尋寶一樣。

雖然能不能擅自看別人的美麗詩篇還有待討論，但那是廢棄物啊。我不是特地跑到外面去翻垃圾袋，也只是自己享受閱讀樂趣而已，應該無所謂的。

為了處理這些傢伙的垃圾，我現在出門倒垃圾的次數變多了，就把這個樂趣當成是給我的報酬吧。

看著摺起來的活頁紙，我還沒攤開便已深信會是一首美麗的詩。這是今天的第二首詩，看來今天似乎是個有創作靈感的日子。我一邊笑著說：「狀況絕佳呢～」一邊攤開活頁紙撫平皺褶。

再見

這個標題最先映入了眼簾。

很單純的標題，但充滿了刺激感。我急著往下看。

你說生命可貴，但這句話沒有化為錨的存在。
強風吹散了道路（人生），把人困在原地。
沒有要捨棄生命的意思，
只不過是被晃動的世界甩了開來。
當人類失去翅膀從高空墜落時，靈魂會披上什麼色彩抱住人類呢？

「…………」

讀完詩篇後，我不由得正襟危坐。

沒錯，這次一樣是帶有悲痛感的詩篇，但該怎麼說呢，感覺像在傳達訊息。

包括標題在內，整個內容相當有料。捨棄生命……這表現簡直像在傳達無法笑著撐下去的訊息。我變換姿勢不再跪坐，但還是鎮靜不下來。一下子托腮，一下子又挪開手肘，真不知道在忙什麼。

瞪著放在地板上的詩篇好一會兒後，我決定面對原本逃避不敢直視的第一印象。

「這首詩……」

應該是所謂的遺書吧？雖然寫得詩情畫意，但內容讀起來確實很像遺書。

不過，也極有可能是在騙人的。可是，萬一真的是遺書，要怎麼辨？對於這種內容，應該視為只是一種文學表現嗎？說到詩集，我頂多只看過寺山修司的詩集，根本抓不到一個基準。詩人在捕捉眼前的現象時，會認真到什麼程度？視線不由得往窗外看去，目前並未看見屍體滾落在地。

但是，萬一三天後冒出一具屍體，那將不是一句懊悔就可以帶過。

「先、先吃飯吧！吃飯！」

為什麼！這時候為什麼要吃飯？儘管對自己心口不一的表現感到困惑，我還是迅速採取動作，像逃跑似地走出房間。錢包帶了嗎？雖然這麼自問，但連確認也沒確認一下便離開公寓。

鍛鍊出來的肌肉嚇得都縮了起來。真是沒膽的傢伙！

對於自己的實戰經驗之不足，我只能搖頭嘆息。

走下坡，來到地下鐵的入口處之後，再繼續往下走，會看見一棟大樓。我來到位於大樓一樓的西餐廳門前。剛剛錯過了在車站入口處的牛肉蓋飯連鎖店，一路逃到這裡來。必須確定有十足的幹勁，才可以進這家餐廳耶！這家餐廳的料理好吃是好吃，但問題就出在它的份量。

點菜時如果太過得意忘形，店家可是會端出讓你無法置信的份量。這家餐廳並非浪得虛名，而是真的有頒發大胃王證書的實力。應該吃得下吧！和肚子做過商量後，我決定推開餐廳的大門。

一走進店內，油炸物的香味宛如一陣又一陣的波浪，瞬間撲鼻而來。整天待在廚房裡做料理的大叔轉頭看向這邊。「歡迎光臨……」大叔頓時說不出話來。怪了，這氣氛感覺起來好像不太歡迎我。怎麼回事？

環視店內一周後，發現有個朋友坐在吧檯上吃飯。敲了一下朋友的後腦杓代替打招呼後，朋友轉過頭看，嘴上還沾著高麗菜渣。朋友抬頭望著我，臉上浮現訝異的表情。又是一個不太歡迎我的眼神，今天是怎麼了？

「你那是什麼風格的打扮？」

「啊？」

朋友用筷子指著頭頂。我伸手一摸，手指的關節撞上該物發出「叩！」的一聲。神的垃圾桶還放在頭上！

「哇！我忘了拿下來。」

在朋友的提醒後，我急忙取下垃圾桶。難怪店員剛剛會啞口無言，還看到一些客人一副難以置信的表情在笑。我一邊看著垃圾桶，一邊做了自我分析，心想果然是寫著神的部分最丟臉。最後，一股如怒濤般洶湧的羞恥感湧上心頭。我捧著垃圾桶，決定趕快找個座位坐下來。

「垃圾男，你不要坐我旁邊喔！」

既然朋友如此熱情地表示歡迎，他隔壁的座位也正好空著，所以我決定就坐在朋友旁邊。

這位朋友的名字叫月寒。所謂物以類聚，既然是我的朋友，代表他也是個窩囊廢。這個沒用的傢伙跟我上同一所大學，但沒有女朋友，所以不是敵人。

月寒正在吃淋上香蔥味噌醬的炸雞。那炸雞看起來很好吃，所以我也點了同一道菜。點完餐後，我忍不住搔了搔頭。可能是一直戴著垃圾桶太悶了，頭皮感覺有點癢癢的。我一邊抓著頭皮，一邊環視店內。

這家店很小，只有吧檯的座位而已，吧檯也幾乎坐滿了。來用餐的客人清一色都是男大學生。畢竟附近有多達三所大學，所以自然而然地也集中在某種客群。醬料區有免費無限供應的韓式泡菜，但因為我不愛吃辣，所以沒吃過。

斜眼看向月寒後，發現他正在喝定食裡附的味噌湯。月寒放下湯碗後，一雙細長的眼睛移向這方。

「我記得好像有個電玩遊戲會戴藍色水桶之類的東西。」

「瑪利歐和壞利歐？」

「對！印象中好像是用滑鼠來操控的。好懷念喔～」

咀嚼高麗菜的爽脆聲音傳來，話題似乎已經結束。

我看著月寒曬得黝黑的上手臂，詢問起他的近況：

「你怎麼曬得那麼黑？」

「因為我去打工砍竹子。」

「如果有找到輝夜姬（註2），記得告訴我。」

「我已經找到了，但不會給你。」

那真是令人稱羨啊～不過，輝夜姬最後好像會回去月球，你受得了嗎？

「你倒是沒有曬黑，但怎麼一身緊繃到不行的沒用肌肉？」

月寒用筷子刺著我的上手臂說道。什麼沒用！肌肉可是陪我度過冬天的好朋友耶！

「要你管。」

「你練成一身肌肉要做什麼？」

「……這問題我還在跟肌肉討論中。」

我一邊喝著店員送來的白開水，一邊用手按住額頭。現在的感覺是只要一放鬆下來，哪怕是在店裡，也會立刻發出呻吟聲，然後扭動身體擺出怪異的姿勢躺下來。本來期待只要拉開距離，就能變得冷靜，沒想到距離變遠之後，反而更加在意。我悠哉吃飯的這段時間，萬一對方在公寓的某間套房裡無聲無息地死去，要怎麼辦？這並非完全不可能的事。

不管怎麼說，平常我在呼呼大睡的時候，也有很多人接二連三地在世界某處死去。在視野範圍之外的地方，世界確實存在著，也不停在轉動。這樣的流轉讓人感到害怕，同時也覺得可貴。很妙的感覺。

「叫你小平就好嗎？」

我對著在旁邊默默咬著高麗菜的月寒這麼說，但當場遭到否決。

「不好。誰希望你這樣叫我啊。」

月寒公平（我不確定「公平」兩字是不是這樣寫）強硬地表示否定。說到月寒這姓

註2◆輝夜姬是出現在日本童話故事《竹取物語》裡的角色。

氏，還真是罕見。

當初聽到我這麼說，月寒回了一句：「你的也是吧！」就這樣，後來我們在大學裡也會一起吃飯。還有一個叫豐平的傢伙也會跟我們一起混，但那小子最近好像交了女朋友，常常鬧失蹤。

「是說，名字這東西根本不重要就是了。」

「那你還問！還有，你叫就叫，還加一個『小』字，很噁心耶～」

說人家噁心，你一邊拉長尾音，一邊跳海帶舞也沒好到哪裡去。

現在店裡很吵，所以還可以勉強掩飾過去，拜託你走在路上時千萬別這麼做。

「好啦、好啦……問你一個假設性的問題，如果知道有人可能會自殺，你會救他嗎？」

月寒停下跳舞的動作，斜眼凝視著這邊。接著，他一副受不了的模樣嘆了口氣。

「不是我愛說，你發問之前要先想一下，對方適不適合商量這種沉重的話題。」

如果有其他人可以選，我也不願意問一個嘴上沾著蔥末的傢伙。

「不是沉重的話題。我只是假設而已。」

「假設啊。你這種輕率隨性的人有可能想到要做這樣的假設嗎？」

月寒笨歸笨，有時候還挺敏銳的，謊言就快被識破了。他的視線在半空中遊走一陣後，開口說：

「應該會救吧！但前提是在不勉強之下。」

「你的應該會救的範圍涵蓋到哪裡？」

「嗯～像是看到河裡有人溺水，就獨自跳下去救人這種事，我就不會想要冒險了。如果我偶然去到高處，看到有人想自殺，或許會喊一聲『有事好說～』來叫住對方。如果對方自暴自棄地拿著刀子亂揮，我就會說一聲『拜拜』，目送他離開。意思就是，在自己不會受傷的範圍內。」

月寒一邊說話，一邊咬著最後一塊炸雞發出酥脆的聲音。月寒給的答案算是平均值吧。沒那麼濫好人，也沒有壞心眼到希望看見不幸的事情發生。我的價值觀應該和他差不多，但這次的狀況比較特殊。很肯定地，想要自殺的那個人和我都在高處，但不知道對方在哪裡。之前去熊本旅行的時候，可能是因為抵達破火山口的服務區時正值清晨時分，四周一片白霧茫茫，就連三十公分遠的前方都看不清楚。

此刻的狀況讓我想起當時的感覺，也覺得如果胡亂採取行動只會害了自己。

雖然很想找公寓裡的其他住戶商量，但萬一被問及資訊來源，也是個問題。一個不好，說不定會被懷疑我在公寓裡偷別人的東西。

「……不對啊。」

那封遺書（暫定）既然被丟進垃圾桶裡，不就表示已經放棄要自殺嗎？還是因為寫得太詩情畫意，所以打算重新寫過？到底哪一個才對？光靠推理實在找不出答案。

想著想著，料理送來了，還是快快吃完料理，早點回去好了。

咬下熱騰騰的炸雞，淋在炸雞上的鹹甜醬汁在齒間蔓延開來，讓人忍不住發出一聲低吟。

這世界明明可以吃到這麼好吃的東西，怎麼會想死呢？

不該心存雜念去那家餐廳吃飯的。明知不應該，卻還是反覆做出愚蠢的行為。

撐著肚子回到公寓後，看見了女國中生。她蹲在門口，正在整理門邊的盆栽。可能是興趣吧，雖然規模小得可憐，但種了小番茄。去年我曾經偷偷摘來吃一次，結果被番茄的澀味和嗆味給嗆到。對了，後來被發現偷吃，還挨了罵。到底是誰去告狀的！

算了，不說這些了。肌膚白皙、身穿制服的女國中生蹲著整理墨綠盆栽，那畫面宛如一幅畫。此刻不是在藍天底下，而是在夕陽逐漸西沉之中，使得色彩更顯獨特，可說是一種視覺上的享受。我望著她略帶褐色的髮絲隨著影子搖曳，感到一陣涼風輕拂鼻頭而過。

女國中生的身體前傾，突起的鎖骨若隱若現。雖然我沒有對女國中生發情的怪癖，但目光還是很自然地被吸引。

……傷腦筋啊～

或許是感覺到了視線，女國中生抬起頭。她抹去低著頭時明顯散發出來的陰沉氛圍，輕輕點頭打招呼。「又見面了～」打了第二次招呼後，我才想到她怎麼還穿著制服。不過，她也露出感到訝異的表情，看著我莫名其妙地捧著垃圾桶。

只能說，我們彼此都有難以啟齒的隱私吧。這不重要，現在要擔心的是回到房間後，必須面對嚴酷的難題。我現在吃得飽飽的，腦部沒辦法得到充分的血流供應，拜託不要把難題塞給我。別怪我用肚子來解決問題喔……或許我應該休息一下比較好。

可是，萬一對方在我休息的時候死了，怎麼辦？沒辦法掌握自殺行程的感覺真的很煩。對了！眼前的女國中生也是嫌疑犯（？）之一。試一試好了。

「怎麼形容呢，這夕陽一下山，就會有一種蒼天凋落之日的感覺，哈哈哈！」

雖然相當牽強，但我試著說出詩篇的標題。這時如果對方顯得極度慌張，就可以確定是犯人（？）。然而，女國中生的反應微妙。「啊？咦？啊？」就某種涵義來說，她確實顯得慌張，但感到疑惑的成分比較高。說得也是，怎麼可能聽得懂嘛。

因為詩篇裡是採用偏女性說法的第一人稱，所以我沒多想就直接推測是女生寫的詩，會不會是猜錯了？

真是沒事白白讓自己出了糗。在傷口擴大之前，還是趕快撤退吧。

「神先生！」

「嗯？」

抓住門把準備開門時，女國中生叫住了我。怎麼有種似曾相識的感覺。

女國中生再次表現出吞吞吐吐的樣子，方才的互動彷彿重新上演。

「內……」

又是「內」。看樣子完全是想要繼續方才的話題。女國中生一副猶豫的模樣不說話。說到「內」開始的單字，當然只有內褲囉，哈哈哈！「請問你認不認識……呃……喜歡內衣褲的人？」

「唔～～～！」

我不確定過去是否曾經如此劇烈地表現出內心的動搖。

原本想要揚起嘴角，但突來的事態和衝擊性，讓我的嘴唇和舌頭就像被一根粗大的針扎到般。我的眼球轉動得比地球還快，景色不斷從左右兩側閃過，腳步隨之搖晃。我試圖往後退，但手肘頂到門，使得我無處可逃。女國中生低著頭，手緊抓著裙襬。

女國中生就像在盤子上抖動的果凍一樣，全身在發抖。

妳說喜歡內衣褲的人嗎？

我就是啊……應該說，有人不喜歡嗎？或許不會做出極端的偏愛行為，像是利用郵購到處購買內衣褲之類的，但絕對不可能有男生討厭女生的內衣褲。

不過，應該很少有男生會被一個可愛的女國中生當面這麼說。

「不是只有喜歡，而是那種會想買的人。」

「……哇哇哇哇！」

我嚇得連嘴巴都合不攏，可能就快口吐白沫了。我的眼睛眨個不停，眼前的畫面隨之忽明忽暗，感覺眼球都快倒吊過來。我的煩惱已經夠多了，現在又多了一個。血液在腹部和腦部之間來來去去，感覺就快要意識朦朧。

儘管女國中生在陰暗處，還是看得出她滿臉通紅，完全不輸給小番茄。我的臉頰八成也像她一樣那麼紅，因為發燙的感覺太明顯了。

不過，擁有羞恥心也是值得開心的事。可是，現在是怎樣？她想做什麼？

不是啊，一般不可能有那種朋友吧。

「還是算了，請忘記我說過的話。」

這女生現在是要我完成不可能的任務嗎？就算把垃圾桶戴在頭上，把腦袋裡的東西全挖出來，也不可能忘得掉她說過的話。我苦惱著不知道該如何回答時，滿臉通紅的女國中生搶先一步逃跑了。她躲進自己家裡，還傳來從屋內上鎖的聲音。

「等、等等……」

叫住她要做什麼！我這麼告訴自己，並縮回原本伸出的手。右手忽然被取消任務後，就這麼甩來甩去，最後安穩地落在額頭上。很明顯地，我的脈搏在加速。

「內褲……到底是怎樣！」

整顆頭緊緊縮起，痛得讓人有種彷彿透明的血液從腦袋裡流出來的感覺。不對喔，她好像不是說內褲，而是說內衣褲吧？不用管這些瑣碎的事吧！重點是「拜託你買內褲」這件事。

哇！我怎麼說出來了！

「我聽到了喔！」

我和女國中生站的位置正中間有一間房間，西園從裡面衝了出來。

這傢伙該不會是把耳朵貼在門上偷聽吧？他右邊的臉還留著紅色的痕跡。

「幹嘛偷聽別人說話！」

「最近的國中生真是亂得可以。」

雖然很想從門外用力一推，把西園請回去，但他保持身體夾在門縫裡的姿勢，毫不在意地投來話語。「咚鏘～～」真希望可以學漫畫裡的角色這麼說，讓他消失不見。

立志當作家的愛作夢男生露出打量人的目光注視著我。他身穿工人服、腳踩木屐，身高不算高，瀏海偏長的平頭上綁著毛巾。真是個不會記取教訓的男人，也不想想自己以前曾因不習慣穿木屐，結果腳滑摔了一個大跤，瀏海還被汽車輪胎輾過去。順道一提，那時他還一邊轉動眼珠，一邊逞強地說：「因為我還有任務未盡，所以大難不死。我還有活著的意義，這就是我的命運。」

如果你真的有那麼重大的使命，根本就不會遭遇危險吧！

「還有，大學生欠缺倫理的表現也讓人搖頭嘆氣。真沒想到你竟然讓鄰居問你要不要做內衣褲的交易。」

「剛剛那是我的問題嗎？很明顯是單方面的行為吧！」

「誰知道啊！我又沒聽得很仔細。」

少來！你明明全聽到了。裝傻的西園在臉上浮現淡淡的笑意。

「不過，原來你被認定成會有朋友是內衣褲愛好者的人啊。」

「……這句話真的有夠傷人。」

原本已經負擔夠重的胃部變得更沉重了。

「才、才不是那樣子呢！」

女國中生的聲音傳來。我和西園一起轉頭後，看見女國中生把門打開一小縫，從門縫裡露出臉來。對上視線後，她立刻縮回頭，再次鎖上門鎖。
「聽說不是那樣子呢，恭喜你喔～」
「那到底是哪樣子啊？」
「可能是覺得你人面比較廣，或是覺得在認識的人當中，你是值得信賴的人。再不然就是那個女國中生其實是蕩婦，只要是男生誰都好。搞不好她外表看起來乖乖的，私底下沒有節操地在賣春。所謂人不可貌相，她手上應該有好幾個固定客吧。」
「亂講！」
抗議聲傳來，原來女國中生還在偷聽啊。話說回來，西園還真是天不怕地不怕啊。
「你明明知道她還在聽，卻敢毫不客氣地那麼說。」
而且，如果把女國中生的母親大人也拉進來，搞不好真的不是玩笑話。
那位母親大人確實很像會笑著逼女兒下海的人。
「就算被她討厭，我也無所謂。那種穿制服的小鬼我一點興趣也沒有。」
西園一邊說，一邊抽著鼻子。仔細一看後，才發現他不只側臉，連鼻子也因為皮膚乾燥而泛紅。
「你是怎樣？該不會是剛剛一直趴著在哭吧？」
「喔，你說這個啊？聽說是過敏吧，醫生說是因為塵蟎什麼的。」

西園擦了擦鼻子說：「別管這個了。」他轉頭看向女國中生的家繼續說：

「我猜八成是有什麼苦衷，所以缺錢吧。你就跟她買一下，當作是在幫助人吧。」

西園帥氣地展露微笑，白牙隨之泛起光芒。

「拜託……我要是買了，恐怕整棟公寓的人都會叫我內褲狂吧。」

「很好啊～」

「那你買啊！就算對國中生沒興趣，也會想要幫助人吧？」

「完全不會。基本上，看見你出錢買內衣褲，我會覺得心情愉悅，但如果換成我買，還有什麼好玩不好玩的。」

「這件事哪裡好玩了？」

西園一邊學著警車的鳴笛聲，一邊靠攏雙手往前伸出來。

「咦？買了會被抓喔？」

「做壞事當然會被抓啊。」

「只是買內衣褲而已耶？男生如果郵購女生的內衣褲會被抓嗎？」

「問題在於跟誰買吧。」

「意思是，關鍵在於國中生的內衣褲？」

「沒錯。」

「那這樣，如果有一個很厲害的內衣褲師傅是女國中生，買她製作的內衣褲也有罪嗎？雖說不可以把穿過的內衣褲拿來賣，但如果有必要試穿看看好不好穿，那是師傅製作內衣褲的一環，也不得不那麼做吧。」

「嗯。」

「如果是那樣，當然是無罪囉。所以說，不會被抓。」

飛躍性思考和謬論滿天亂飛之下，西園居然就這麼接受了。由此可見，我們的本質都很隨便。

「你說師傅做的內衣褲是哪樣的內衣褲啊？」

「就那個啊，應該會先把布料放一個月左右的時間吧。」

愚蠢的話題就快完全偏離主題時，傳來強烈表達自我主張的聲音。「咚！咚！咚！」女國中生猛力拍門，聲音相當劇烈，讓人不禁有種錯覺，覺得女國中生懷恨在訴說：「不是叫你忘記我說的話嗎！」我和西園都不由得閉上了嘴巴。不過，西園立刻開口輕聲說：

「要不要換地方繼續聊？」

「不要。我想到我根本沒時間聊這些東西。」

「是喔，那晚點再聊吧。」

西園抽了一下鼻子後，迅速縮回房間裡。可以的話，真想從外面把他的門鎖上。

這傢伙是哪根筋不對？你還是乖乖躲在房間裡寫文章就好！

垃圾桶裡時而也會冒出疑似西園寫的無聊文章和小說草稿。我曾經試著讀過，故事情節描述一個來自未來世界、長得像人類的雞男，和少年一起飼養其祖先，也就是雞隻。我真的很想問一問西園，這種故事到底想寫給什麼樣的讀者看？算是兒童文學嗎？

剛才西園一廂情願地說什麼晚點再聊……算了，無所謂啦。

雖然我很想大聲說和西園相處完全是在浪費時間，但其實不盡然。

他剛剛聽到我和女國中生的所有對話，如果他對「蒼天凋落之日」心裡有數，應該會有反應才對。

也就是說，西園不是嫌疑犯。西園屬於文學派，我本來以為搞不好就是他，但現在不得不承認自己猜錯了。這麼一來，只剩下二樓的剪髮男、米粉頭男，以及臭臉女……對了，還有房東。但是，我覺得應該不是房東。詩篇的字跡和房東的草書字體給人完全相反的印象。

美麗詩篇有時是用文字編輯軟體打成的，有時是手寫的。有可能是看當下的心情或方便性，決定要採用哪一種吧。如果可以針對手寫詩篇做筆跡鑑定就好了，但為了達到這個目的，我必須和公寓住戶變得熟絡，想辦法去對方家玩，再若無其事地確認筆跡。

現在根本沒時間悠哉地做這些事情。我一邊揮開往這邊飛來的蚊子，一邊背靠著牆壁陷入思考。難道要我一間一間地去跟住戶聊天，然後說出那句詩篇的標題嗎……這的確是個難題，但至少可以考慮一下去拜訪比內，觀察看看她的反應。

既然女國中生已經從候選人名單中剔除，最可疑的人勢必會是名為比內的女生。乍看下，會覺得一個冷漠到極點的女生和充滿少女情懷的詩篇完全搭不起來，但說到人類的表面，根本只是一層蛋白質。一樓最裡面那間套房的女國中生也是，她明明有著看似認真乖巧的長相，卻說出「請買內褲」這種話耶！這世界就快走到末日了！以後恐怕每次看到她的臉，我都會有這樣的想法吧。

我沿著常春藤和鐵鏽若隱若現的戶外樓梯爬上二樓後，來到最右邊的套房門前，敲了敲門但沒有反應。我想對方可能不在家，但發現屋內傳來動靜，於是把耳朵貼在門上。有人在屋內動來動去的聲音隔著門傳來，那聲音聽起來很像躺著在擺動雙腳。二樓時而會傳來噪音的原因該不會就是這個聲音吧？除此之外，也傳來沙啞的哼歌聲。

「啊……」

剪髮男正好爬上二樓，並以感到可疑的目光注視著我。我急忙從門上挪開身子，將身體倚在欄杆上。我決定先發制人，於是豁出去地打招呼說：「哈囉～」五官端正的剪髮男有氣質地點頭說：「你好。」只不過他的眼神依舊充滿疑心。

我們注視著彼此，維持著奇妙的沉默氣氛，直到剪髮男走回房間。另外，我還發現一件事。剪髮男他家似乎裝了空調，我看見屋外有室外機在轉動。好羨慕啊～這棟公寓除了他之外，頂多只有房東才有這般享受。

不管怎樣，被撞見難堪的場面都讓人感到鬱悶。我搔了搔臉頰，自己找藉口說：「這下不妙了，我明明不是那種意思的。」當然了，沒有人在聽我說話。但這樣真的不妙。以旁觀者的角度來看，我根本是想要貼近美女的變態。萬一長相俊俏的剪髮男特別有正義感，跑去跟房東或比內報告這件事，我馬上就會被貼上變態的標籤。如果再加上剛才的內褲事件而導致嚴重的誤解，我極可能被冤枉冠上子虛烏有的罪名。剪髮男，千萬不要啊！

我倚在欄杆上望著對面藍白裝潢的便利商店，陷入沉思。

「嗯……」

變態問題先放著不管好了。

我明明敲了門，比內卻沒有回應，她是故意裝不在家，還是戴了耳機？是不是應該更大聲一點，她才聽得見？

其實有個方法可以確實逼出真相，根本不需要想這麼多。

只是，如果採用這個方法，我自身也會元氣大傷。

所以，可以的話，我盡量不想這麼做。但是，在這個人命關天的狀態下，也沒有其他選擇了。而且，美麗的詩篇讓我得以在無聊的日子裡解悶，也差不多是時候向作者報恩了。好一個愛管閒事的傢伙～

哇！我真是個好人！

說起魯莽行事，我的實力應該比月寒更上一層樓吧。沒辦法，我就是一個腦袋空空的人。

「比內小姐～？」

最後我還是試著再敲一次門呼喚比內，但沒有人出來應門。

「有您的包裹～」

我假裝成快遞，但還是沒有反應。看來我已經沒有其他選擇了。

我決定先把如貴重品般捧在懷裡的垃圾桶拿回房間。對啊，原來我還捧著垃圾桶。這下子可疑程度又增加了五成。這一切都要怪那首詩。

神的垃圾桶如果沒有放在我的房間裡，就無法發揮效果，這我驗證過了。這麼一來，必須驗證是不是房間本身具有不可思議的力量。但是，做了大掃除後，頂多只找得到掉進地板夾縫裡的零錢。

把垃圾桶放回房間後，我猶豫著要選哪一首詩。如果朗讀出暗示自殺的詩篇內容，有可能反而推了對方一把。那可不妙，所以我決定選前面那首詩。

我緊抓著活頁紙再次走到屋外，粗魯地關上房門後，快步衝上二樓，在比內的門前站開雙腳，一副宛如準備領獎似的模樣，慎重地舉高詩篇。

不久前也有過一樣的想法，我根本沒有會害怕失去的東西。

或許有可能一路墜落到低於原點的位置，但墜落時不需要擔心掉了什麼。

正因為如此，才會毫不排斥地做出這種如同腦袋壞了一樣的選擇。

反正我本來就是個內在空空如也的人，如今更沒有女朋友藏在心裡。空洞的胸口因為焦躁和緊張的情緒而加快跳動速度，我隔著衣服摸了摸胸口，試圖讓自己平靜下來。

最後一次在人前大聲喊叫，應該是在運動會上幫別人加油的時候吧。

我一邊喚起那種感覺，一邊緊握雙面刃，大叫：

「蒼天凋落之日！」

不僅整棟公寓，我希望連在路上行走的路人，甚至隔壁大樓的人都聽見我的聲音。

我不是用喉嚨，而是用鍛鍊出來的腹肌大聲咆哮。

從動靜和傳來聲響的方位，可察覺到西園在樓下第一個衝出房間。那傢伙只是愛湊熱鬧而已，不用理他。趁著氣勢還在，繼續！

「夏日是針，在傷疤上扎出那天淌下的鮮血！不體貼！不重要！想遺忘！想愛！每當鮮血浸濕乾枯的謊言，裂痕一道道地出現！」

我用練得丹田有力的腹部發出聲音，宛如在演講似地朗誦詩篇，一點詩情畫意的感覺也沒有。不過，一個邋遢的男生低聲念出詩篇，也只會讓人覺得噁心而已。總之，我不去顧慮事後可能會喉嚨痛的問題，抱著化身為啦啦隊的心情奮力嘶吼。「天啊！哪一個笨蛋！」「先生！您有事嗎！」「有人熱到發瘋了！」一旁傳來吵鬧的聲音，聲音的主人全是西園。炎熱盛夏之中還這麼有活力，真是服了他。二樓的剪髮男和一樓的女國中生都只是一臉不安的表情跑出來觀察屋外狀況，但沒有出聲抱怨。他們都不是作者，反應太溫和了，我要的是更激動的反應！

配合著我全力投出的球，眼前的房門猛力打開，女生從屋內衝出來。

看見對方頭上戴著超大耳機，我心中的各種疑惑隨之解開。從音響脫落的耳機線像老鼠的尾巴一樣往下垂。

如此明顯的反應，讓我領悟到眼前的女生就是作者本人。她的眼珠動來動去，目光犀利地從正面捕捉我的身影，那表情相當猙獰。為了保護本人的名譽，我就不在這做生動的描述，只能說那不是女生該有的表情。小姐，妳的樣子像是快要口吐雷射光了。

我猜測是這個女生果然是正確的。比內像腳上裝了彈簧似地迅速逼近，我心想差不多可以停止朗誦詩篇，便縮回活頁紙和手。下一秒鐘，比內的纖細手臂角度精準地朝我的喉嚨刺來。好一個刺喉攻擊！比內的動作實在做得太漂亮了，我驚訝地瞠大雙眼後，才感覺到疼痛。比內使出突來的一擊打斷我的叫聲後，瞪大眼睛頻頻揮出拳頭。這個女人太可怕了！我連痛苦呻吟的機會都沒有，一邊淚眼婆娑地咳個不停，一邊用手遮擋無情落下的拳頭。比內把頭髮梳理得很整齊的時候是個美人，但髮型全毀、瀏海亂翹地抓狂時，模樣相當驚人。展現出讓人聯想不到會寫下遺書詩篇的旺盛生命力，使出共計約二十記拳頭後，比內先累得喘不過氣來。

拉長人中咬住下嘴唇後，變成了一張馬臉；氣喘吁吁地大口呼吸時，虎牙在雙唇之間若隱若現——以上描述是針對比內，不是我喔。比內的表情簡直就是一隻凶猛的惡犬，那模樣像在嚇人，也像被主人要求等待。不論是前者或後者，感覺最後都會撲上前來大咬一口。「等、等一下。」我用安撫的語調低聲這麼說，比內也有所回應地採取了行動。

她抓住我的肩膀，發出「喝！」的一聲，手指用力抓住我的肩骨。這也就算了，她還就這麼拉著我，把我拖進她家裡。兩人一起摔倒在玄關之後，我跳起來爬到流理台前方。比內保持倒在地上的姿勢抬高腳，巧妙地用手抓住門把關上房門。天氣這麼悶熱，可不可以開著門啊？我想要接受四周的冷淡目光，冷卻一下內心。

我們倆都累得癱坐在玄關。我的呼吸紊亂，汗水流個不停；冷汗像在呻吟似地，在乾燥的鼻頭上暈開滑過，滴落在地板上。比內見狀，帶著責備的意思說：「髒死了！」

雖然比內嫌我髒，但她自己也大汗淋漓，一副滿身瘡痍的模樣貼在牆上動也動不了。她的眉頭緊鎖，顯得很在意右手手指的狀況，似乎是剛才的刺喉攻擊讓她弄傷了手指。誰叫妳一個外行人要做那樣的動作，害我也喉嚨痛得像被燙傷似地發不出聲音來。

我和比內一個按著喉嚨，一個按住手指，互相聆聽彼此的急促呼吸聲。

過沒多久後，比內先復活。她用手肘頂住房門，利用反作用力站起身子後，毫不客氣地向我逼近。接著，她毫不猶豫地踹了我的側腰一腳，我被踹得滾進房間裡。

如果就這麼攤開四肢躺著，很可能會被踹到站不起來，於是我咬緊牙根站起來。我用屁股往後一跳，試圖逃到牆邊，結果不小心背部猛力撞上桌角。從女國中生提出內褲話題的那一刻起，我的身心片刻不得歇息。

比內在我的正前方蹲下來，腳踩在我的大腿上，保持單腳屈膝的姿勢壓著我。封閉的房裡傳來聲響，我斜眼一看，發現是電風扇在轉動。比內伸長手調整電風扇的位置，現在電風扇只吹得到她而已。調整好風向後，比內瞪著我看。

她有一頭染成咖啡色的中長髮，皮膚有些曬黑，或許是不太注重防曬吧。她的左右眼不一樣大，左眼看起來比較大，感覺像是只有右眼在使力，左眼則看似毫無反應。左右兩眼都有濃密的睫毛，增添了女人味。

不過，不管睫毛再有女人味，也被貼在臉上的瀏海徹底破壞了。

遠方好像傳來了風鈴聲。

「你住在樓下，對吧！」

「對。」

可能是喉嚨張不太開，我的聲音顯得含糊。比內似乎還記得我的長相。

「你準備好好回答我的問題吧。」

比內一邊舉高手臂擺出隨時可使出刺喉攻擊的姿勢，一邊發問。

「原來那個變態就是你啊。」

「妳什麼都沒問耶！不，沒事。是的。」

看見比內的黃金右手（誇大形容）做出刺向空氣的動作，我只好中斷找碴。

可是，當著別人的面罵人家是變態，會不會過分了點？

「你偷偷跑進我的房間吧？」

「這算什麼推理。」

如果有人像蟬一樣貼在公寓的牆壁上試圖潛入二樓，那肯定是變態。請問妳什麼時候看到我做出這種愚蠢行為？比內的膝蓋像鑽頭一樣在我的大腿上鑽來鑽去，我痛得抬高下巴哀叫時，她順勢伸手抓住我的下巴。不知道是不是撞到了手指，她的中指根部變得紅腫。

「不然你怎麼會知道那首詩？你在什麼地方看到的？還在別人面前讀出那首詩。」

比內的手臂和眼皮不停顫抖。這麼說或許不太適當，但內容無趣到會丟進垃圾桶的作品竟然被公諸於世，這對一個創作者來說，似乎是很痛苦的事。

「這個嘛～」

我準備拿出證據時，比內搶走了活頁紙。

「啊！」

「你還啊什麼啊！」

比內用力揉捏活頁紙，大聲吼道，還露出如肉食性猛獸般的尖牙。

「如果不是跑進我房間偷東西，你怎麼會有這個？」

「說到這個嘛。」

我就是怕會這樣，才不想讓公寓其他住戶知道這個祕密。因為有一股不可思議的力量——如果我這麼回答，別人會相信嗎？……不，只要反過來思考發生的現象，一定會相信的。

奇蹟並非單行道。

「垃圾桶。」

「……垃圾桶怎麼了？」

比內瞬間倒抽一口氣。她的表情相當沉重，並說出她心裡有底的事實。

「妳的房間裡也有垃圾桶……看到了，粉紅色的很可愛呢。妳會把垃圾丟進那個垃圾桶裡……然後啊，垃圾桶裡的東西有時候會突然消失，對吧？」

聽到我指出的事實後，比內陷入沉默。她回過頭看房間裡的垃圾桶，僵住身子幾秒鐘後，再次轉頭面向我。

她臉上的血色和熱氣，隨著沾在瀏海上的汗水一起散去。

「什麼意思？」

「還能有什麼意思，就是那個意思。我知道垃圾桶裡的垃圾會自己移動。喔，對了！我可沒擅自跑進妳房裡偷東西喔。妳懂我的意思吧，難道妳沒親眼看過垃圾消失不見嗎？」

只要覺得好奇，就會主動確認才對。

「妳不覺得很不可思議嗎？」

儘管尚未獲得比內的確認，我還是抱著篤定的態度，以實際發生過的事為前提發問。比內的內心似乎也相當動搖，聽到我的詢問後，她一反方才的態度，坦率地回答：

「我當然會覺得很不可思議。可是，我一直以為那肯定是『消失了』。我以為是可以讓它消失的。」

「……原來妳是這樣解讀的啊。」

比內會這麼誤會也是有可能的，一般應該很難想像自己的垃圾會跑到樓下住戶的垃圾桶裡。

不需要拿去倒垃圾的神奇垃圾桶──比內做了這樣的解讀，搞不好其他住戶也如此看待這件事，才會把一堆雜七雜八的東西都丟進垃圾桶裡。我什麼時候變成學校打掃時負責倒垃圾的同學？難怪垃圾桶裡還會出現不可能丟到垃圾桶裡的東西。

看見比內慢慢縮回隨時準備咬斷敵人喉結的利牙，我抓住好時機開口說：

「所以，我是無罪的。好了，可以放我回家了。」

儘管有種失去當初目的的感覺，我還是決定要求回家。「辛苦了～」我一副宛如打完工準備回家的工讀生模樣，試圖從比內的腳下逃離。然而，比內瞪大眼睛，用力踩住我的腳。

「嗚～～～～～」

「有什麼證據能證明你說的話是真的？」

說罷，比內從桌上臨時抓來電視遙控器當武器。用遙控器頂住我的喉嚨後，她也一副以為自己眼花的模樣多看了遙控器兩眼。

「妳現在比較冷靜了吧？有吧？很好，讓我們保持鎮靜好好談一談。」

「少囉嗦！你只要回答我的問題就好。」

雖然遙控器一點也不可怕，但這個女人很可怕。她或許不會發射紅外線，但感覺會對人下咒。

這時如果說一個有趣的笑話來緩和氣氛，應該就有機會看到明天的太陽吧？

「對、對了！」

「啊？」

「前陣子我恰巧去大戶屋吃飯，結果客滿要排隊。排隊的時候不是都要寫名字嗎？然後啊，因為我姓神，所以在板子上寫了神。結果妳知道怎樣嗎？店員叫號的時候竟然稱呼我『Kami Sama』（註3）。大家不知道還以為我有多偉大呢，真是丟臉死了！」

「……所以怎樣？」

「我使出渾身解數的玩笑話。」

順道一提，內容是我自己編出來的。而且排隊等座位的時候，一般都會用片假名來

註3◆「Kami Sama」為尊稱神明的日文說法。

寫名字，而非漢字。

比內的表情沒有一絲絲變化。連玩笑話都聽不懂，這女人實在太可悲了。

「你的玩笑話和你的長相一樣無趣。」

「說一個人長相有趣算是誇獎嗎？」

「我是說無趣！」

真的是一個不懂開玩笑的傢伙。她應該很討厭迂迴說法這種東西吧。

「你是怎樣？垃圾桶和大聲朗誦別人寫的詩能有什麼關聯？因為你腦袋有問題？」

「我敲了門但妳沒有應門。」

「一直敲到我應門不就好了。」

「因為我覺得分秒必爭！」

雖然我還聽見妳在哼歌。

「我以為妳肯定是在做自殺的準備，像是綁好要上吊的繩子之類的。」

「自殺？」

比內皺起了眉頭。她的表情原本就顯得相當威猛，現在凶狠的程度倍增。

「你在說什麼？」

「還有什麼可能，當然是妳送來的另一首詩。」

說明到這裡，比內的表情起了變化。她似乎是因慢了一步察覺到某事而感到錯愕。

「你到底讀了多少我寫的詩？」

「我全部讀過一遍後再加以保管……啊！我是說再加以保護……呃……」

不小心說了不該說的話。「保管」這個用詞不當啊！

比內也有了明顯的反應。她的全身開始顫抖起來，彷彿老舊的空調初啟動電源時會不停地微微震動一樣，那模樣很像搞笑藝人在學機器人動作的老掉牙表演。

現在必須做的是，說出適當的支持話語讓她鎮靜下來。

在這種時候，只要以一個讀者的身分傾訴想法就好。

「我個人是比較偏愛『紅雨之夢』……哈哈哈！」

我試著笑了幾聲，但我和比內的臉上沒有一絲的笑容。

對喔，這一切的開頭都是因為這女人寫了暗示要自殺的文章。

糟糕，事態似乎朝非常不妙的方向發展，我很可能會不小心在背後推她一把。

「妳放心，我的朋友頂多只有路邊的小狗而已。對了，我念給小狗聽，小狗也一直誇獎寫得很好。」

我已經盡全力挽救了。還是應該把我自己比喻成小狗會更好？

暫且不提她剛剛大聲熱唱的事，我只是緩緩地左右揮手。她的眼睛也跟著左右移來移去。

之後，比內緩緩轉過身往窗戶邊跑去，跑步時還沒忘記要確實擺動手臂。看見她把手搭在窗框上，我可能是太慌了，竟然很有禮貌地大喊：「請等一下！」比內沒理會我的制止，準備往下跳，我拚了命地想要追上她。最後，我不小心腳滑，以身體前傾的姿勢飛了出去。在門牙險些撞上窗戶邊的牆壁之下，我抓住比內的手。此刻，比內早已往窗外跳出去。也就是說，我必須拉住她。

「嗚～～～～～～～～～！」好痛！超～痛的！手肘一直被往前拉！快被拉斷了啦！

在右手臂必須承受一個人的重量之下，我大聲哀叫。在幾乎無意識之中也伸出左手予以支撐後，劇烈的疼痛感總算減緩一些。說是這麼說，右手的手肘還是痛得像被火燒傷了一樣。

被我抓住手臂的比內，雙腳在空中搖來晃去。她真的浮在半空中耶！我真的拉著她耶！雖說是用兩手拉著，但不得不誇獎我居然承受得住重量。我現在的表現簡直就是一個無名英雄啊！在這般自我陶醉的心情支撐下，我的臉漸漸皺成一團，彷彿有人正準備燒我的眉毛似的。

「呃啊～～～比我想像中的還要重！再五分鐘就撐不住了！」

「放開我！我只是要去你的房間放火而已。」

這樣誰還敢放手啊！為了以最短距離去別人家放火，所以選擇跳樓，這女人的腦袋絕對有問題。我真是碰了不該碰的東西，請勿觸摸啊～因為深感恥辱而試圖跳樓自殺，這種消極的想法似乎和比內無緣。

還有一件事，她打算抓著遙控器到什麼時候？抓就抓，還一直操作遙控器。「暫停，嗶！」「吵死人了！」因為面向上方，比內的瀏海往左右兩側滑落。

雖然現在的狀況危急，但看見比內又恢復成美女，一瞬間讓我忘卻暑熱。

聽見吵鬧聲後，西園精神奕奕地跑來，背後還跟著女國中生的媽媽。她什麼時候回來的？俯視的視野裡，看見女國中生媽媽依舊寬廣的肩膀，忽然有種安心感。我可以接受她是個媽媽，但她的體格和女國中生相差甚遠，實在很懷疑女國中生真的是她生的嗎？每次看到她，我總會聯想到《七龍珠》裡的神龍波倫加。不僅體格像，長相也像。

這兩人組因為好奇而前來，他們臉上的開心表情讓人看了就覺得可惡。明明無法理解事態為何會演變成這樣，卻表現得如此興致勃勃。西園更是誇張，一下子愛湊熱鬧地搭腔，一下子口出惡言。身為當事人的我也無法理解這如一場惡夢般的事態。即便如此，我還是不肯鬆開比內的手。因為我怕她會燒掉我的整間房間。二樓的高度不算高，跳下去也不會死，真正身處危險之中的人其實是我。

「聽好，我會救妳的，妳聽話地乖乖爬上來。」

「不要！」

「我也不想這樣！」

我踩著窗框，把重心放在腿部試圖拉起比內，但比內不停掙扎。她的雙腳和身體劇烈搖晃著。「暫停，嗶！」比內又吵又鬧，還一邊按遙控器，吵死人了！妳這個笨女人煩不煩啊！我張開原本緊緊閉起的嘴巴，很想這麼大叫出來。嘴巴一張開後，不小心吐出一大口氣，瞬間陷入一種肺部放鬆下來的錯覺。

我是靠著緊張和焦躁的情緒緊緊繃住全身，才勉強支撐住，只要有一個部位放鬆下來，和其他部位的連結也會隨之變得鬆散。隨著肺部放鬆下來，我漸漸失去力量，身體就快被拉向窗外。可能是突然往下滑落讓比內嚇了一跳，她臉色大變地說：

「喂！很危險耶！」

妳不是要我鬆手嗎？剛剛還說想要掉下去，現在卻抱怨差點掉下去，哪有人隨隨便便就變換立場的！窗框頂著我的腹部，劇烈的疼痛感襲來，而且我剛吃飽飯，感覺就快要吐出來了。我頓時懦弱地想：「乾脆就這樣掉下去好了。」但是這回換比內緊緊抓住我的手腕，不肯放開我。如果告訴她我快吐了，不知道她會不會放手？

在比內毫不客氣的拉扯之下，感覺肩膀和手肘都快發出慘叫聲。底下的湊熱鬧傢伙投來像在咒罵的加油聲，那聲音像揮之不去的蚊子一樣煩人。現在這姿勢想要重新挺起身子相當困難，我不禁有股衝動想對西園說：「不要光在那邊看！快來救我！」為什麼我非得一個人拉住這個說要放火燒房子的女人不可？

不過……

有個聲音在說話。

雖說對方是脾氣相當火爆的女生，但我伸出援手解救一個走投無路（本來是）的女生是事實。這狀況百年難得一遇，同時是曾讓男生忍不住想像自己是英雄的場面，這全是事實。既然正好在場，是不是應該……

「你練成一身肌肉要做什麼？」被朋友這麼一問而抬不起頭來的肌肉們！此刻不正是你們可以好好展現的時候嗎？不正是你們化身為英雄的時候嗎？這般詢問聲低喃著。其實說穿了，主要就是肉在說話。

畢竟在上一個年度，頂多只有練肌肉這件事，可以讓我驕傲地說自己沒有虛度光陰。當初為了輕鬆得到「我鍛鍊了自己」的充實感而選擇練肌肉，現在是該展現成果的時候。

如果不這麼做，我將變成跟女朋友分手後就變得懦弱的窩囊廢。

休想讓我變成窩囊廢！我恨透那個女人了！

「嗯喔～～～～～～～～～～呃啊～～～～～～～～～～！」

我像是試圖甩開所有鬱悶情緒，不得要領地大聲吼叫。帶著想要藉由咆哮來喚醒肉體的強烈意念，卯起來地不停吼叫。

膝蓋用力頂住牆壁拉回姿勢後，我挺直背脊用力抓住比內的手臂。

三、二、一！

肌、肌、肉肉！

「馬～～力～～夯……咳！咳！咳！咳！咳！」

我吸了一大口氣大聲嘶吼，但吼到一半時噎住了。看來牛磺酸似乎攝取得不夠。儘管咳得厲害，我還是硬把比內拉了上來。到最後只靠右手勉強拉起她，肩膀感覺像是被砍了一刀似地疼痛不已。

比內被拉起來後，和我一起倒在地板上痛苦呻吟。因為一直處在被自身重量拉扯的狀態，比內的右手似乎也受到相當大的傷害。她保持額頭貼地的跪坐姿勢，不停發出「嗚～嗚～」的叫聲。不論是我還是比內，都一副像在低聲啜泣的模樣。隔壁鄰居若是聽見了，說不定會以為鬧鬼了。

這次又是比內按住肩膀先站了起來。怪了，明明是我比較有肌肉啊！

難道是寒冬過去後，在享受春天的溫暖氣候之間，我的肌肉也跟著衰退？

「你這個小偷？還是跟蹤狂？真是會徹底阻礙別人。」

比內一副咬牙切齒的模樣低喃。不過，可能是在窗外被嚇到了，她似乎比剛才冷靜一些。接下來只要小心別在即將熄滅的火上加油，或許有機會好好溝通。

不過，我有一半的心態覺得怎樣都無所謂了。

「壞人也有做好事的時候啊……雖然我不是小偷，也不是跟蹤狂。」

不論說多少遍，比內都不會懂的。前女友也是一樣，一旦這麼認定了，就什麼話也聽不下去。對了，西園以前曾碎碎念過，他說女人就是這樣，就算這方營造好氣氛，試圖做有建設性的談話，她們也會把眼前看到的所有東西全破壞掉。

「我差點被你害死耶。」

「才二樓而已，哪可能會死！不是啊，妳不是想死嗎？」

「誰說過要自殺了！」

比內心中原本就快熄滅的那把火，再次劇烈燃燒起來。天氣明明這麼熱，我卻也忍不住隨著她在腹部深處燃起一團怒火。很不幸地，喉嚨的狀況也好了一些。

「既然不是，就不要寫那種會讓人誤解的文章！妳休想跟我說『誰叫你看了』這種話！」

「要我問多少遍！為什麼你會知道內容！」

「就跟妳說過是垃圾桶的力量啊！」

我帶著「給我好好聽進去！」的意圖，對著比內大聲吼道。比內揚起右眼的眼角，手伸來捏我的大腿。她的捏功了得，痛得我一氣之下也捏住她的臉頰。臉頰被我捏住後，比內也換來捏住我的臉頰，我們兩人正式展開一場捏臉大賽。現在到底在做什麼啊？臉頰的疼痛感揮走了心中的疑惑，我們互罵著「混蛋東西」，持續用力捏對方的臉頰。專心投入於捏臉大賽時，忽然感覺到一股視線。應該是比內忘了鎖門，剪髮男和米粉頭男正在門口偷看。雖然有種被看熱鬧的感覺，也確實感到丟臉，但我說什麼也不願意輸掉這場捏臉大賽。

悶熱的房間裡，電風扇不知吹向何方的空虛聲音顯得溫柔。

就這樣，我度過了夏天裡毫無建設性的一天。

「啊！愛詩狂！」

「你好，愛詩狂。」

「閉嘴！當心我也去你們房間前面朗誦！」

現在每次碰到比以前多話的女國中生媽媽和西園時，他們總會用這樣的稱呼法來挖苦我。

我太看輕這件事，被狠狠擺了一道。

那女人趁著我無意義地昏睡三天的期間，竟然使出陷害人的伎倆。

不知不覺中，在比內的房門前朗誦的那首詩變成了我的作品。因為我煩惱到不知該如何是好，最後終於忍不住跑到比內的房門前朗誦出來。不僅如此，還有人趁亂散布謠言，說我把臉貼在門上磨蹭。不用說也知道，剪髮男絕對有參與。這一切都是因為我過早下定論才惹來自作自受的窘境，但受到的傷害也未免太大了吧！

就連遇到女國中生的時候，她也會別開視線……不過，這應該是另一個問題。

總之，那場無聊的騷動到現在已經過了三天，備受折磨的右手總算也漸漸康復。雖然喉嚨裡面和表層肌膚都嚴重受傷而變得聲音沙啞，但好不容易也適應了鴨子聲。

現在剩下的傷口就只有和其他住戶之間的摩擦而已，房東對我的印象肯定爛透了。

我無力地躺在房間裡想：「真是沒一件好事可言。」自從前女友離開公寓之後，我就不曾在沒有酒精發揮作用下那樣大吵大鬧。在那之後，我充滿戒心地擔心比內有可能展開夜襲，所以鎖上了許久不曾用過的門鎖，但什麼事都沒發生，也沒有發生窗戶被人用石頭砸破的事態，我度過了甚至沒有收到詩篇的無聊三天。

因為沒聽說那女人死掉的消息，表示那首詩應該真的只是她自我陶醉寫出來的內容。雖然很想確認，但我只要一說出「詩」這個字，應該會立刻遭到刺喉攻擊，所以我放棄再追究下去。只要不死人，怎樣都無所謂。

從窗戶仰望出去，看到依舊不變的夏日景色。感覺就快和白雲融為一體的藍空，以及隨著微風搖曳的黑色電線。風鈴和蟬隻彷彿在為夏日宣傳，各自在遠方發出聲響。事到如今才這麼說或許有點晚，但今年的夏天真的來了。在茫然接受季節變換的事實之中，我一邊回想去年和前女友度過的夏日時光，一邊對著天花板詢問：「今年會發生什麼事情呢？」

宛如在回應我，垃圾桶裡又多出了垃圾。我用背部在地板上滑動，伸手抓住垃圾桶。讓垃圾桶倒下後，抓起新來的垃圾一看，發現是活頁紙。我感覺到背上迅速冒出汗來，戰戰兢兢地攤開活頁紙。

「……我懂了。」

拿出其他詩篇比對字跡後，可以篤定說出是誰送來的活頁紙。

活頁紙上的內容是：

快轉，去幫我買全家的炸雞！

如果去買了炸雞回來，比內就會知道神的垃圾桶是事實。

但是，如果買回來送去二樓，我就徹底變成跑腿。

真是令人傷腦筋的二擇一選擇題。如果證明是事實，比內很可能會為了湮滅證據而縱火；如果說謊掩飾真相，她也可能為了那場騷動而縱火報仇。不論怎麼做，都改變不了比內是縱火狂的事實，結局也幾乎沒什麼不同。更惱人的是，看著看著，我也開始想吃炸雞了。

「可惜啊……如果對面那家便利商店是全家，我一定馬上跑去買。」

無奈對面那家是羅森（註4）。扶起倒在地上的藍色垃圾桶後，我看著垃圾桶的底部。光線穿透廉價的烤漆，聚成一塊帶著朦朧感的豔藍色。感覺好像只要伸手一撈，就能撈起黑色陰影。我試著伸出手撈了撈，但當然不可能撈得起來。

這只垃圾桶實現了我的小小願望。

為無處排解無聊而被苦悶的日子壓得喘不過氣的我，帶來小禮物。

這次的禮物恰巧貴重了一些，不過開端和平常一樣是微不足道的事，只是被耍得團團轉的我誇張地放大事情，還大肆宣揚而成了笑話。

註4◆羅森（LAWSON）為日本連鎖便利商店的名稱。

這個成為笑話的故事會繼續下去嗎？

我想像了一下，想必此刻臉上浮現的表情就是選擇題的答案吧。

照鏡子確認一下好了。

為了繼續看「神的垃圾桶」所帶來的故事後續發展，我站起身子。

與女國中生的援交，讓他的內宇宙空間產生律動

第二章
（前篇）

我要分享一件以前的事。當時有個熱烈發表自我主張的男子，出現在比現在熱鬧的車站前面。那傢伙像三明治一樣，在身體正面和背上貼著傳達自我主張的紙張，比手畫腳地對著路上往來的人們訴說主張。他的動作大得阻礙到行人通行，感覺隨時都可能有人去通報站員。對於他的主張，沒有任何人好奇心旺盛地停下腳步聆聽。

畢竟是陽光猛烈的炎熱夏天，每個人都垂頭喪氣地走著路，根本不想靠近一個如人體岩漿般散發出炙熱能量的男子。我也跟大家一樣，沒興致站在男子的正前方聽他說話，但還願意站在遠處聽一聽高論。因為我隨時都有時間。

照男子所說，「這個世界是神的垃圾桶」。神創造出來的失敗作品會遭到廢棄，而廢棄地點據說是我們居住的星球。真不知道男子是從哪裡接收到這樣的神旨。不過，可以憑靠執著的想法和妄想甩開酷夏的熱氣，還那麼有精神地大聲喊叫，讓人不得不佩服地想：「人類真是有趣。」所謂情緒足以影響病情，這句話或許挺正確的。

根據男子的預言，世界似乎會在一星期內燒毀，迎向末日。

在那之後，已經過了兩年以上的時間。世界應該還沒到末日，我們也還好好活著。

所以，我今年的夏天也為了考試吃盡苦頭。

大學上學期的期末考結束了，開始進入第二年的暑假。快中元節了，要回老家一趟嗎？還是不要？抱著猶豫不決的心情回到公寓時，發現比內像個小混混般蹲在門前等我回來，我決定先逃為妙。跑到一半時我回頭看，不用說也知道，比內當然追了上來。

我們兩人一路跑到公寓外。流了滿身大汗回來，為什麼還要回到大太陽底下？笨蛋才這麼做。於是，我停下腳步，抱著「姑且聽聽吧」的心態轉過身。一轉身，我看見一個女人整片瀏海貼在臉上，瀏海底下的右眼瞇起，還發出銳利的目光。她一邊大幅度擺動雙手，一邊保持身體向前傾的姿勢奔來。我決定繼續逃跑。

我從便利商店的前方跑過，再經過大學的出入口，準備奔向郵局的另一端。說是這麼說，但其實建築物並排在一起，所以實質上的距離根本不到二十公尺。剛才好不容易走下大學的陡坡，總算可以回到房裡休息的，我怎麼可能真的打算在大熱天裡奔跑。我們在體格和性別上都有差異，隨便跑一跑也不會被比內追上吧。

因為我這般小看比內，雙腳的動作也變得懶散，結果回頭一看，才發現自己低估了比內的實力。比內的動作明顯看得出來是認真的。雖然她的跑步姿勢奇特，上半身和下半身的動作不協調，看似各做各的動作，但確實拉近距離往這方逼來。這女人的一舉一動怎麼都像在拍恐怖片啊？這或許是種她真的被逼急了的表徵吧。

比內在離郵局不遠的地方追上來，整個人趴在我的背上。不知道是順勢還是恰巧，我的腰被她的膝蓋踹了一腳。我猜她是故意的。

我和比內一起手扶著膝蓋，氣喘吁吁地低著頭。比內左右不對稱的雙眼隔著髮絲直直瞪著我。與其說她的右眼比較小，應該說左眼看起來比較大。

「你幹嘛要逃跑？」

比內的問話態度充滿恨意，彷彿在說「害我沒事多受苦」似的。

「我看到妳追上來，就忍不住跑走。」

「是喔……」比內擦汗擦到一半停下動作，然後用力甩手和甩頭。

「是你先逃跑的吧！」

她似乎察覺到順序有問題。真可惜，差一步就騙過去了。

「沒有啦，我怕又被掐住喉嚨。」

比內剛才的姿勢就像鄉下地方的便利商店外面，坐在路邊水泥塊上吃午餐的小混混一樣，一般人看了都會產生戒心，也會想逃跑。

「妳找我有什麼事？」

比內先從膝蓋上挪開了手。這女人每次都復原得這麼快。

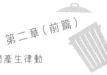

接著，她一副有所要求的模樣伸出手。

「我會找你只有一件事！還給我。」

「還什麼東西？」

「我的詩……呃……我是說寫了很多東西的筆記。」

比內說到一半時視線在空中遊走，並改口說道。她的臉頰因為難為情而逐漸泛紅。

哈哈！竟然要我還給她我的詩篇收藏。

「那是被丟到垃圾桶的東西，而且我也不是用借的……啊！是，我會還給妳。」

看見比內的右手擺出準備發出刺喉攻擊的姿勢，我乖乖地表示順從。如果不順從，她可能會放火燒了房子，也順便把我燒了。再說，我拿著那些詩其實也沒什麼用。

不過，現在比內知道了垃圾桶的運作方式，我恐怕再也讀不到新創作的詩篇，這點確實讓人有些難過。我失去一個珍貴的消遣方式，取而代之地得到「愛詩狂」這個受人鄙視的稱號。這叫我怎麼過日子啊！

「那回去吧！快點！真是的，害我沒事白白跑一大段路……」

比內一邊發牢騷，一邊往回走。她要往回走是無所謂，但每走一步路，就腳步左右晃動地說一句：「好熱！」她到底在門口等了多久啊？雖說頭上有二樓的走道擋住烈陽，但恐怕還是無法完全擋住夏日的熱氣。

「其實妳可以在房間裡面等我的，雖然我房間沒有冷氣，但至少還有電風扇。」

我是說只要妳不會把我房間翻得亂七八糟之後，還放把火燒了房間。

「啊？我又沒有你房間的鑰匙。我又不是你的女朋友。」

比內用誇張的動作揮手否定。我也不想交一個動不動就縱火的女朋友。

「我自己也沒有鑰匙。」

「你在說什麼啊！」

「我的意思是我都沒有鎖門。」

我走到比內的身邊跟她並肩而行，走著走著，連我也快要腳步左右晃動起來。

「你的腦袋真的有問題喔。」

「是啊～」

妳還好意思說別人，也不看看自己是什麼德性。那棟公寓裡有誰的腦袋是正常的？西園就別提了，而住在二樓的兩個住戶我不熟，至於女國中生……她算正常嗎？自從要我幫忙推銷內衣褲之後，女國中生只是看到我就會立刻逃開。那感覺簡直就像我做了什麼不該做的事一樣，情況非常不妙。我很可能被迫從「愛內狂」升等為「愛內褲狂」。

比內在便利商店前停下腳步。橫向拉長的藍白色招牌反射著陽光，顯得刺眼。

「幹嘛？」

「我要買冰淇淋。」

說罷，比內宛如被吸進去似地走進便利商店。

「那我也要買。」

望著便利商店幾秒鐘後，我一邊這麼嘀咕，一邊也跟著走進去。畢竟回到家只有香鬆可吃，吃香鬆也得不到什麼療癒效果。

比內買了水果冰沙口味、我買了鯛魚燒形狀的冰淇淋後，走出便利商店。枝繁葉茂的綠樹從便利商店沿著大學的坡道延伸，我們兩人來到樹蔭下，並肩靠在牆壁上，拆開冰淇淋的包裝。

自樹葉間流瀉的陽光在肌膚表面游動，如發亮的碎紙片般紛紛飄落。

或許是便利商店的冷氣吹乾了汗水，不再有在炎熱晴空下的不舒服感。雖然四周的空氣仍然像不會流動的溫水貼在肌膚上，但姑且就當作在泡溫水澡好了。或許是冰淇淋幫手和嘴巴降了溫，所以才忍受得住吧。

比內咬下冰棒的爽脆聲音，和今年顯得低調的蟬鳴聲重疊在一起。抬頭仰望著從坡道和樹林另一端冒出頭來的大學建築物，我漸漸體認到真的放暑假了。雖然小學或國中時，暑假期間自然會有很多行程，每天都很忙碌，但對於長假確實抱著期待。到了現在，卻變得必須苦惱要安排什麼活動，才能排遣無聊的日子。而且，現在和肌肉、女朋友都沒有繼續交往了。

不知道是不是不方便吃冰，比內把瀏海往上撥開到左右兩側。她只要好好整理頭髮，確實是個美女。真希望她可以一直這樣，不要那麼粗暴。是說，讓她變得粗暴的原因好像是我喔？沒事的，是我想太多了。

「你叫什麼名字？」

趁著視線交會時，比內問了我的名字。

這好像是第一次和她這麼冷靜地交談。

「我姓神（Jin）。」

比內搬進公寓那天來打招呼的時候，還有上次大鬧一場的時候，我都說過自己的名字，但她好像不記得了。

這或許是正常的，我也不記得二樓的剪髮男和女國中生叫什麼。

「Jin？」

「漢字是神，但念成Jin。」

我舉高手指在空中寫字。比內用視線追著我的字跡，吃了一口冰棒後，她低聲說出感想：

「很自以為了不起的感覺。」

「姓氏又不是我自己能決定的。」
哪有人這樣找碴的。
「名字呢?隼人?宗一郎?」
「喜助。」
「好像古裝劇裡會出現的名字喔。」
「會嗎?」
以前是有人說過很像牛舌店的名字。我爸媽說的。他們怪怪的。
「妳的名字呢?」
「比內。」
「我是說後面的名字。」
雖然從比內的語氣感覺得到她是刻意在閃避,但我還是試著再次詢問。
比內轉動著眼珠,最後直直看向前方,態度冷淡地回答:
「桃。」
「……是喔。」
這名字應該不至於到不想讓人知道的地步吧。不過,確實會覺得太可愛了一點。
對話在這裡中斷了,我重新吃起冰淇淋。我剛剛不應該從尾巴吃起鯛魚燒冰淇淋的，如今身體部位的冰淇淋溢了出來，可能是我不該一直咬同一邊吧。用手指抹起冰淇淋舔了舔之後，忽然有種回到孩提時代的感覺。

悶熱的風吹拂而來，比內的髮絲隨之飛揚。她用手按住頭髮，抬起頭說：

「你是大學生啊？」

「是啊，上面那所大學。妳呢？」

「我不是學生。」

比內否認。她的回答令人意外，但她也沒說自己是社會人士，畢竟平常也沒看到她像是要去上班的樣子。

背後可能有很多故事吧。我刻意不去詢問這方面的事，但還是試著問：

「妳幾歲？」

「今年就滿二十二歲。」

「咦？妳比我大喔？」

我不由得從牆上挺起身子，吃驚地說。我一直以為比內可能跟我同年，或比我小。

比內瞇起右眼，投來充滿攻擊意味的眼神。

「現在你有要尊敬年長者的意思了嗎？」

「還是不要好了，太麻煩。」

「這什麼理由嘛！」

比內似乎也不覺得介意，她沒有反駁地帶過話題。話說回來，她二十二歲了，還會寫那樣的詩篇啊。

不對，好像有人說過女人不論到了多大的年紀，永遠都像小女生。而且，或許出了社會的人會遇到更多與現實的摩擦，所以很容易陷入詩篇所描述的那種心境。我猜應該是吧。

寫詩是個人的興趣，我沒有要干涉或批評的意思，上次是因為不得已才會干涉。

我看向遠方，讓自己接受這樣的解讀，比內趁著這時迅速移動到我身邊。當我察覺到時，比內已經大動作地移動頭部。

「啊！」

鯛魚燒冰淇淋剩下的頭部被大口吃掉了。比內塞了滿嘴偷吃來的鯛魚燒冰淇淋，動著臉頰和下巴咀嚼，眼裡流露出贏得勝利的驕傲目光。

「太誇張了吧～」

我揮了揮剩下的空袋表示抗議。比內一副事不關己的模樣別開視線，把鼻子揚得高高的。

「因會我逼你搭。」

「呃……那個……」

比內剛剛似乎是在說「因為我比你大」，但這根本不成理由。既然她可以毫無理由地做出這般惡行，表示我也可以大方反擊。比內還在距離很近的位置，我一定可以成功反擊。於是，我朝向她伸長脖子。雖然發現比內顯得不自在的右眼有所反應，我還是不在意地勇敢挺進。

「啊！」

「呱唄！」

為了保護比內的名譽，我在這裡就不明確指出後者是誰的慘叫聲。

我打算學比內一樣吃掉她剩下的水果冰棒時，比內轉身試圖保護冰棒，結果兩人的頭部互撞。我是被正面撞上額頭，比內則是被猛力撞到側頭部。發出一聲悶響的撞擊力道之強，讓雙方都站不穩地往後退了幾步。

我按住額頭，感到嚴重耳鳴。耳鳴配上蟬鳴的合奏，感覺腦袋瓜都快扭曲變形。

「嗚～我眼冒金星了……」

儘管如此示弱，我還是冷靜地掌握狀況，從冰棒的右側大口咬下。比內原本按住頭部閉著一隻眼睛，她有所察覺地發出「啊！」的一聲，但為時已晚。我發出爽脆的聲響享受著冰棒的美味。比內拿著缺了右半邊的冰棒，怒氣沖沖地對我說：

「你在幹什麼！」

「捏七人捏燒七盛，尼糾都都包涵吧！」

「誰聽得懂！」

我明明告訴比內「年輕人年少氣盛，妳就多多包涵吧」，她卻完全沒有要聽人家說話的意思。比內伸出手試圖掰開我的嘴角，於是我拚命抵抗，最後演變成一場互推的場面。「嗯～～～～」我使力地緊閉雙唇，左半邊的臉痛得不得了。「呃啊～～～～」比內拚命想要掰開別人嘴巴的表情也相當猙獰。在我們這樣拉拉扯扯時，水果冰逐漸融化，就快從冰棒上滑落。

在兩人你爭我奪之間，我硬是吞下嘴裡的整塊水果冰，然後對著比內吐舌頭。「嗚呃～～～～！」結果被比內一把抓住舌頭。比內把玩著我的舌頭，臉上浮現近似虐待狂的笑容，嘴巴還歪了一邊，我不禁覺得自己像是被地獄來的餓鬼纏住了。這女人實在太可怕了，她如果還露出齜牙咧嘴的表情，簡直就是女鬼。她該不會其實是住在公寓裡的妖怪吧？

儘管遠方已不再傳來蟬鳴聲，我還是一直被迫參與這場程度低又沒完沒了的爭鬥。拜比內所賜，我不但眼冒金星，還覺得腦袋發麻。原本保持爽朗的安穩心情，頓時變得一片陰暗。背上的汗水好不容易乾了，現在又是汗水淋漓。為什麼每次只要跟這女人有瓜葛，就會弄得滿身大汗？比內的瀏海也又掉了下來，讓人看了覺得很恐怖。

等到風浪平息後，兩人可以共享共度的時光早已流逝。算了，無所謂，反正只要把保管在家裡的詩篇交出來，我和比內的緣分便會就此結束吧。

「……回去吧。」

「嗯，動作快點。」

比內推著我的背催促說道。「等一下啦！」我把冰淇淋的空袋丟進便利商店的垃圾桶裡，摸著下巴。

如果神的垃圾桶發揮更強大的力量喚來垃圾，我可能不是選擇走上毀滅之路，就是選擇丟棄垃圾桶。如果要把垃圾桶丟掉是也無所謂啦。真的無所謂啦。

不過，現在想一想，真的是很奇妙。

雖然垃圾桶的力量還稱不上是奇蹟，但也很難說明或加以解析。

在那之後，我和比內推來推去地回到公寓。算妳夠聰明，知道要等到激動的情緒平靜下來之後再回收詩篇——儘管在心中臭罵比內，我還是乖乖準備帶比內進去房間。我伸手準備開門時，比內轉動眼珠看向其他方向。

隨著比內的視線看去，視線的前方出現一顆圓滾滾的純真眼珠。

女國中生把門推開一道小縫，觀察著這邊的動靜。雖然女國中生只露出半張臉，但對上視線後，明顯看得出她的反應極大。女國中生靜悄悄地把門關上，消失在門後。我和比內互看著彼此。我期待比內可能知道女國中生為何會有這般反應，但比內的臉上沒有浮現任何表情。

「她幹嘛？」

「我哪知道。」

我裝傻說道。怎麼想都覺得跟我有關，應該是內衣褲那件事吧……除此之外，也沒有其他可能。女國中生該不會是想再問我認不認識要買內衣褲的朋友吧？我怎麼可能有那方面的人脈！

話雖這麼說，但恐怕也不能一直置之不理。萬一女國中生的媽媽胡亂猜疑，誤以為我對她的女兒下手，我這顆腦袋可能會被當成球踢。

「喂！你要去哪裡？」

我準備離開時，比內叫住了我。

「東西在最裡面，妳可以自己進去隨便翻。」

「我才不要哩，房間裡面好像很髒的樣子。」

我沒理會滿腦子偏見的比內，往女國中生消失不見的那扇門走去。途中經過西園家的門前時，我充滿戒心地等著西園會像驚喜箱一樣跳出來，但這次他並沒有現身。希望西園就這麼一直關在房間裡，在裡面發酵個二十年左右。

「那個～聽得到嗎？裡面的小姐，小姐～」

我不記得女國中生的名字，所以只能用這麼奇怪的稱呼法。咚！敲了敲門後，門後傳來頭撞上門的聲音。女國中生似乎還在玄關裡。

「呃～請問妳有什麼事情要找我嗎？」

「不、那個、沒有。」

「是喔……那我走了喔～」

即使隔著牆壁，仍感覺得到有一股我不擅長處理的氣氛，所以我決定早早撤退。我又沒做什麼不該做的事，如果還要去顧慮女國中生的心情未免太麻煩了。

「請、請等一下。」

「嗯？」

女國中生即將現身。不知道是基於什麼樣的心態，她貼在門上，和門框呈直角地探出身體。因為正在放暑假，所以不是穿制服。她身上穿著寬鬆的T恤，明顯看得出是媽媽的衣服，下半身搭配短褲，所以看起來有些像是什麼都沒穿。

女國中生抓住T恤的衣角低著頭，那模樣讓原本就矮了一顆頭的她看起來更加嬌小。不知道是不是太緊張，她連涼鞋也沒穿。赤腳踩在地上不會熱嗎？或許她已經沒有多餘心力去感受熱不熱這件事了吧。

我低頭看著女國中生，搔了搔臉頰。連我都快要害羞得低下頭了。

女國中生還挺可愛的。

除非有弟弟或妹妹，否則上了大學後，很少有機會可以近距離地觀察國中生。應該說如果有機會觀察，那就太可疑了。就這層涵義來說，我算是意外得到了特權。不過，越認真觀察，越覺得可怕。這麼可愛的女生過了十幾年後，會像她媽媽一樣變成神龍波倫加啊……不是說如果許下的願望超出神力的極限，就無法實現嗎？時間怎麼凌駕於神明之上呢？

「你、你好。」

女國中生畢恭畢敬地點頭打招呼，我也跟著點頭說：「妳好。」

好啦，禮貌地打過招呼了，接下來要怎麼辦？女國中生仰著頭，濕潤的眼眸有些像是快哭出來似地看著我，卻遲遲不肯開口說話。額頭上開始冒出黏答答的汗珠。我的房間裡傳來乒乒乓乓的聲響，就個人的立場來說，挺讓人在意的。那女人應該會用正常的方式找東西吧？

「對了，妳暑假過得好嗎？」

我試著丟出不會踩地雷的話題。除了這個話題之外，還能跟一個國中生聊什麼？我不禁覺得自己像一個不了解年輕族群的老頭子。尤其對象不是男生，更加縮小了我的知識範圍。

「呃……很好……天氣很熱喔。」

「是、是啊。」

話題結束。或許是覺得過意不去，女國中生反問說：

「神先生也是放暑假嗎？」

「嗯，今天開始放。我正在煩惱到底要不要回老家。」

不知道是被什麼觸動了神經，女國中生皺起眉頭。我感到納悶地搔抓臉頰時，女國中生保持抓住T恤衣角的姿勢，搖了搖頭。她搖頭是什麼意思？而且，她的臉越來越紅了。沒多久後，連耳朵都泛紅的女國中生把話含在嘴裡說：

「神先生。」

「有～」

「明天、呃……要不要出去走走？」

女國中生就像動物在擺動耳朵，一邊甩著側邊的頭髮，一邊這麼提議。

我的雙眉緊皺，皺得中間都凹了一個洞，可見我有多麼訝異。

「出去走走？我跟妳一起？」

女國中生用力地點了點頭。接著，她抬高視線地直直看著我，等待我的回答。儘管內心多少感到動搖，我還是隨著她的目光放低視線。令人意外的邀約。反正我閒閒沒事做，一起出去走走也無所謂。可是……這應該是那種意思吧？

「……好啊，我無所謂啊。」

因為沒理由拒絕，所以儘管心存戒心，我還是決定接受邀約。不知道為什麼，女國中生沒有表現出鬆口氣的樣子，反而是一副覺得更加困擾的模樣縮起肩膀。看見她保持著這般不自在的姿勢準備走回屋內，我決定先搞清楚一件事。

「呃……妳叫什麼名字？」

「咦……？喔，我叫木鳥。木是木頭的木，鳥是麻雀、烏鴉……沒事。」

女國中生試圖表現幽默感，但宣告失敗，最後一邊轉動眼珠，一邊退回屋內。

「不是啊……」

我是想知道妳姓什麼耶。女國中生剛剛說的應該是名字吧。

沒錯，我確實是問她叫什麼名字啦，但應該可以一起說出姓氏吧？真是個老實的孩子啊。

算了，就直接叫她名字好了。

……現在更應該思考的是，她約我一起出去走走這件事。這是約會嗎？不是啊，對方是國中生耶！而我是大學生……如果以年齡的差距來看，似乎也沒有相差到讓人覺得奇怪的地步。

真正奇怪的是，要跟一個沒什麼交集的對象約會這件事。

「怎麼想也不覺得她是因為喜歡我才想要約會。」

如果只是打招呼就被她愛上，那反而更恐怖。而且，女國中生看起來也不像是那樣的女生。

感覺也不像因為有其他事情想跟我說，所以是在布局。

我們既沒有討論要去哪，也沒約好會合的時間……反正房間那麼近，總有辦法的。不過，實在難以想像如果被知道我跟女國中生一起出去，尤其是被西園知道，到時大家不曉得會戴上什麼有色的眼鏡來看我。剛才是不是應該拒絕她比較好？

我一邊苦惱，一邊回到自己的房間後，發現比內還在裡面。她蹲在神的垃圾桶前，探頭看著桶子裡。「熱死人了～」渾厚低沉的聲音傳來。那不是女生應該被人聽見的聲音，比內未免也太掉以輕心了吧。我這麼想著，邊走近一步後，比內迅速轉過頭來。

那反應之靈敏，簡直就像野生動物一樣。如果不管她，她應該有辦法讓全身的毛髮都豎起來吧。

「原來你不是魔法師啊。」

「啊？」

「我的意思是擁有奇妙力量的是垃圾桶，你根本沒什麼了不起。」

可能是我不在房裡的時候，垃圾桶依舊發揮了作用，而比內目睹了那畫面。

「是啊～」我隨便這麼認同後，比內抓起垃圾桶，面帶嚴肅的表情發出命令說：

「把這個丟掉。」

「為什麼？」

「知道你有這東西，誰還敢隨便亂丟垃圾。」

「本來就不應該隨便亂丟垃圾，我們要當一個懂得愛護地球的人。」

「閉嘴！」

比內瞄準垃圾桶上寫著我名字的位置用力拍打。她不僅蹲著的姿勢像小混混一樣，表情也夠凶狠，看得我有點害怕。這女人真的沒辦法好好溝通。她寫的詩篇明明那麼感性，而且感覺那麼能言善道。

「話說回來，你到底從哪裡買來這麼莫名其妙的東西？」

「附近的大賣場。」

「好普通喔～」

「再怎麼奇怪的異端分子，也都是媽媽懷胎十個月生出來的。人的出生或物品的製造過程沒什麼太大的意義吧。」

這只垃圾桶和其他垃圾桶最明顯的差異，就在於有沒有寫「神」這個字而已。搞不好寫上「神」這個字的前女友才是魔法師也說不定。說到前女友，她應該還跟我上同一所大學，但我都沒有遇到她。或許我們都在無意識之中，很自然地避開彼此行動吧。其實如果碰到面，我是可以輕鬆打招呼的。

「你去重新買個垃圾桶。要不然我買給你。」

「喔～我拒絕。」

比內揚起了眼角。我沒有畏縮地勇敢說出拒絕的理由：

「就算它只是一種器具，但也有感情。而且，我不想乖乖照著妳說的去做。」

絕大部分的理由在於後者。比內一邊吼叫，一邊像青蛙一樣撲上來。我擺好姿勢準備迎擊的同時，暗自說道：「來吧！」並祈禱神的垃圾桶能存活下來。

沒必要毀掉可能性的嫩芽。

要不是有神的垃圾桶，我也不可能和比內邂逅……是說，也或許不要有這場邂逅比較好吧。

盡情大鬧一番後，比內捧著紙堆，滿身大汗地離開房間。我一邊目送比內，一邊歪著頭想：「有那麼多詩篇嗎？算了，妳高興拿走就拿走吧！」儘管感到納悶，我還是保持沉默地讓比內離開。

看著沒關上的門，我發出咋舌聲猶豫著要不要關門，最後因為懶得動，所以決定不關門。一個人獨處之後，我總算是平靜了下來，不過想起另一件事情後，立刻又抬高了屁股。我跪在地上，身體往前傾，讓額頭在地板上磨蹭。我一邊扭動身體，一邊抱著頭試圖掩飾無比難為情的心情。應該已經有半年沒有和女生一起出門了吧？我是說比內不算的話，差不多有半年那麼久了。

大吵大鬧時滴落的汗水，帶著濕熱感在額頭和地板之間流竄。我只轉動右眼試圖逃離黏答答的濕熱感，結果看見了垃圾桶。垃圾桶整個倒了過來。比內離開時不知道為什麼把垃圾桶翻了過來。

如果有垃圾在這種狀況下被轉送過來，不知道會怎樣？因為挺在意的，我保持不動地觀察著。窗外傳來蟬鳴聲。我學著蟬叫一邊發出「唧～唧～」的叫聲，一邊上下擺動身體，這時忽然想起大門敞開，嚇一大跳地抬起頭看，但沒看到任何人，所以放下心地重新展開詭異的動作。就在我做得正起勁的時候，垃圾桶變熱鬧了。

如往常一樣無聲無息地，也沒有空間扭曲的現象，垃圾瞬間出現。不過，這次出現的位置有些奇怪。垃圾不是出現在垃圾桶裡，而是像降落似地掉在朝向天花板的桶底上。「厲害喔～」我滿身大汗地出聲讚嘆。原來把垃圾桶反過來會變這樣啊。

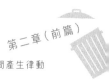

「第一次知道會這樣耶。」

全新的功能呢！只是好像完全沒有用處就是了。雖然搞不清楚其中的原理和理論，但很肯定的一點是，打掃起來會很麻煩。我總算挺起身子，決定收拾傳來的垃圾。

今天的垃圾有髮絲……嗯～八成是二樓的剪髮男丟的。用布包起來的髮絲從垃圾桶的桶底滑落，散落在地板上。天啊～我慘叫了一聲，但還是乖乖地集中散落一地的髮絲，重新包起來。其他垃圾頂多只有紙張而已。不過，那些應該不是我期待中的東西。也就是說，不是被丟棄的詩篇。想到這點，心中頓時升起一絲落寞感。

雖然最初會閱讀詩篇只是抱著排遣無聊時間的心態，但現在已經轉變成「我只想看那些詩篇」。是因為得知寫詩者是什麼樣的人，才會有這樣的心態轉變嗎？不過，不可能再有新創作的詩篇了。不是新作品也無所謂，沒丟掉的珍藏詩篇也好，真希望有機會讀到。去拜託一下比內，要她在我面前朗讀給我聽好了。不行，她絕對會受不了的，到時候旁邊如果有窗戶，肯定會不惜跳樓也想逃跑吧。話說回來，如果這麼提出要求，我可能又會遭受刺喉攻擊。

看見掉落在地的紙張上出現文字，我忍不住撲上前去，但不用說也知道，那當然不是我期待看到的東西。取而代之的，我看見了抄下手機號碼和地址的字條。當然，那不是我熟悉的字跡。

字條上的字體很粗，辨識不出是誰寫的字。我就這麼緊抓住字條，熱得趴倒在地。臉頰貼上地板後，柔細髮絲摩擦臉頰的觸感傳來，好想哭啊～

隔天，我忙著把香鬆灑在白飯上的時候聽見敲門聲，看了時鐘一眼，發現現在是早上九點多。頂多只有房東和女國中生，才可能這麼有禮貌地敲門。放下灑到一半的香鬆站起來後，我才想起只要說「門沒鎖」就好。我重新坐下來的同時，房門發出嘎吱嘎吱的聲音被打開來。

不出所料，女國中生木鳥出現在門後。好像哪裡怪怪的……不知道為什麼，木鳥穿著制服，肩上還掛著書包。

「打擾了……啊！我來得太早了嗎？」

木鳥輕瞥桌上的香鬆白飯一眼問道。「不會，而且我們也沒有具體約時間。」我一邊回答一邊準備坐墊。我平常是把那坐墊對折起來當成枕頭在用，但應該沒關係吧？木鳥迅速地跪坐在坐墊上。她這麼一坐後，果然感覺很嬌小。

我先灑好香鬆後，把電風扇轉向木鳥，並打開電源。「沒關係的，我不熱。」木鳥試圖閃躲電風扇的風，但我怎麼可能讓她逃過呢（？），我調整電風扇的上下方向追著木鳥跑。木鳥前後挪動身體好一會兒，但最後可能是死心了吧，又跪坐回原本的位置，事情也總算獲得解決。我默默地想著，其實木鳥沒必要死心，我硬要她吹風也毫無意義可言。木鳥的側邊頭髮隨著風搖曳，看起來就像垂下的耳朵。

「你吃香鬆飯啊？」

「早上都吃海苔雞蛋口味。」

「早上？」

「中午吃鮭魚口味、晚上吃薑燒豬肉口味，我自己訂的順序。」

我心想不應該讓木鳥等太久，於是急忙扒起香鬆飯。嗯，跟昨天一模一樣的味道。

木鳥露出難以言喻的表情，像是要閃躲似地別過臉說：

「辛苦你了。」

「我只是懶得自己煮而已。」

老家會寄生活費給我，我自己也會打工，所以多少有些儲蓄。不過，人就是這樣，一旦有了儲蓄後，反而會猶豫不想花掉。我想應該是因為花錢會有「變少了」的感覺吧。說是這麼說，但我還是會和西園喝酒什麼的。不過，這算是兩回事吧。

畢竟那是還沒開始存錢之前就有的習慣，只不過是不良習慣就是了。

木鳥跪坐著，身體微微左右晃動，顯得很不鎮靜。她忙碌地環視著屋內。她是第一次進來我房間嗎？房間裡面沒什麼值得看的東西啊。木鳥的眼睛跟電風扇一樣轉來轉去，最後視線停留在垃圾桶上。在垃圾桶上寫「神」字果然有殺傷力。腦中閃過這樣的想法後，我立刻又想到或許有其他原因。木鳥應該也有垃圾桶裡的垃圾消失不見的經驗才對。垃圾桶裡時而會出現國中講義，所以她會特別在意垃圾桶也不足為奇。萬一被問及垃圾桶的事也很傷腦筋，所以我假裝沒看見，繼續吃飯。

我吃到一半時差點被黏成一團的飯粒噎到，所以趁著去倒麥茶給自己喝的時候，順便也幫木鳥倒了一杯。不過，畢竟是過著一個人住的邋遢生活，所以家裡最多只有兩只杯子。至於同居時買給前女友的杯子，分手時被帶走了。

「一個是我用的，一個是西園用的，妳要用哪一個？」

我舉高兩只杯子詢問木鳥的意願。木鳥的視線在空中遊走一會兒後，開口說：

「請給我你用的杯子。」

「收到～」

耶～我贏了西園。雖然是程度非常低的競爭，但還是感到開心。不過，如果連那種傢伙都贏不了，可就傷腦筋了。那傢伙平常的言行舉止和裝扮都屬於非主流的類型，所以並非只要不比他更讓人想保持距離就表示自己很正常。送上麥茶後，木鳥點了一下頭，就這麼一直注視著麥茶的水面。

木鳥的動作很少，這樣反而讓人不知道該怎麼應對，我舉白旗投降。

吃完香鬆飯之後，喝下麥茶，刷了刷牙。根據雜誌上的說法，其實要隔一會兒時間再刷牙會比較好。但是，要跪坐著面對木鳥三十分鐘實在有點痛苦。最後我洗了把臉回到房間時，發現木鳥的杯子已經見底。

「妳還要喝嗎？」

「不用了，謝謝。」

木鳥雙手遞出杯子說道，我接過杯子拿到流理台後，回到自己的老位置。

我小口小口地喝著自己的那杯麥茶，不自在地和木鳥保持著沉默。房間裡只有電風扇顯得最有活力。

木鳥應該是有話想跟我說吧。但她扭扭捏捏地一直揉著膝蓋，也不肯抬起頭來。照這樣下去，事情永遠不會有進展。這麼一來，儘管覺得麻煩，我也只好主動。

「那不然，出門吧。」

在狹窄的房間裡面對面，只會讓奇怪的氣氛一直持續下去。空氣越來越混濁，或許呼吸到外面的空氣後，木鳥的表情和言談會變得輕鬆一些。此刻的感覺和上次她提出內衣褲話題時很像，為了逃離這樣的氣氛，提議出門會是相當好的藉口。

「喔，好……請問要去哪裡？」

是妳邀我的耶，別問我啊！

不過，我不想跟比內一樣那麼幼稚，就讓木鳥見識一下年長者的穩重吧。「先出門再決定。」對著木鳥這麼說後，我迅速穿上鞋子，推開房門。

今天外面還是一樣熱，照射過來的陽光感覺都快變成紅光。

可能是就在附近，又經常看到，木鳥才會主動說想來這裡走走。

我們正在大學裡散步。雖然大學裡一片冷清，但因為還有學生沒考完上學期的期末考，所以還是有人走來走去。如果走進教室大樓，肯定會看到更多人。

……我想想，如果遇到朋友問木鳥是誰，不知回答是親戚還是妹妹比較有可信度？

爬上漫長的坡道後，在樹蔭下休息一會兒，又繼續漫無目的地在校園裡散步。現在還不到去學生餐廳吃飯的時間，這麼一來，只好頂著太陽去已經看膩的中央大樓附近走一圈。不過，木鳥依舊一副覺得非常稀奇的樣子。

木鳥僵硬縮起的脖子已經恢復原狀，緊張之中仍盡興欣賞著大學的景色。不知道她的心境是不是像小朋友偷看大人的世界一樣？我記得自己也有過這樣的感受。

看見木鳥不停轉頭左顧右盼的天真模樣，不禁覺得相當可愛。

她身上穿著制服，別人可能會以為是來參觀校園……好像太牽強了，以一個高中生來說，她顯得太稚氣。木鳥甩動手臂時制服和肌膚之間會出現空隙，制服底下的膚色和曬到太陽的膚色差了一截，正是她年紀還小的象徵。

散步途中，我們在教室大樓附近的自動販賣機買了兩罐飲料，兩罐都是水蜜桃口味。鮮什麼水的。看到「桃」這個字，我不禁聯想到比內，有些後悔地覺得選錯了飲料。

我們兩人在立體交叉路口底下的陰影處，背靠著牆壁喝飲料潤喉。「那我不客氣了。」木鳥點頭致謝後，以很快的速度喝起飲料。我斜眼看著她，腦中浮現很直接的感想：「原來她口很渴啊～」就這樣看著木鳥時，視線前方出現一個讓人不由得瞇起眼睛的對象。

我謹慎地、靜悄悄地別開視線。是說，轉動眼睛也不可能有聲音就是了。

「……好久沒看到了。」

我自認只是對著飲料罐的另一端自言自語，但木鳥似乎也聽見了。她轉過頭說：

「看到什麼？」

「沒有啦。」

好久沒看到的那個人沒有發現我，在朋友的圍繞下，從對面的走道上走過。

可能是從視線的方向看出我在看其中一人，木鳥開口詢問：

「你的朋友嗎？」

「以前的朋友。」

我沒有說實話。木鳥大幅度地轉動眼珠後，歪著頭說：

「咦？我好像看過那個人進出過公寓……她是你的女朋友吧？」

什麼嘛！原來木鳥看過，也還記得啊！真糗，我還說是朋友。

「嗯。」

就我個人而言，這不是什麼會讓人想要開心聊起的事，所以很想結束話題。然而，木鳥卻眼神閃閃發亮，一副興致勃勃的樣子。聽別人的感情故事會覺得有趣嗎？假設西園要分享這類的事給我聽，我可能不到一分鐘就會掐緊他的喉嚨。

「你們分手了啊？」

「是啊。」

「為什麼會分手呢？」

不僅音調，木鳥連腳步也變得輕快，她往前一步，探出頭看著我的臉。

真是有點不方便，如果對象是西園，就可以一腳踹開他說：「你煩不煩啊！」

「那當然是個性不合之類的吧。」

說得太具體也只會讓人變得鬱悶而已，所以我找了一個不痛不癢的原因。

「我覺得你應該是個很體貼的人啊。」

「費心跟體貼有些不同。」

我露出苦笑,拍了拍木鳥的頭。裹上夏日濕熱空氣的髮絲顯得溫暖,觸感也相當有質感。透過掌心,我感受著熱氣和年輕氣息。木鳥一副感到刺眼的模樣閉起一邊的眼睛,抬頭看著我的手。

「大人動不動就會說好像很有智慧的話。」

「我算是大人啊?」

從木鳥的頭上挪開手後,這回換成搔抓自己的後腦杓。想起昨天和比內的爭執,我不禁覺得慚愧。

「在我眼中算是大人。」

「喔,說得也是。」

「她是什麼樣的人呢?你女朋友。」

木鳥拉回話題,窮追不捨。女生都很喜歡這類的話題。

「從負面的角度來說,她是一個思考沒有重力的人。」

「呃……」

木鳥似乎難以理解這樣的形容,或許應該要用自由奔放來形容會比較容易懂吧。

可是，自由奔放的肯定意味恐怕太強了。

「她不會被綁住。不只是沉重的事情，連常識也綁不了她。」

要跟上這種女人的腳步，我的步伐稍嫌笨重了些。

……應該不需要再配合木鳥繼續聊這個話題了。

「我們去圖書館好了。圖書館裡面有冷氣，也有可以安靜坐下來的地方。」

我的學生證就放在皮夾裡，只要事前取得同意，木鳥也可以進去圖書館。為了打斷話題，我沒詢問木鳥同不同意便踏出步伐。我們離開立體交叉路口的底下，繞到另一邊爬上階梯。

中央大樓旁設有空罐專用的垃圾桶，我們先丟了空罐子後，穿過立體交叉路口朝圖書館的大門前進。來到上面後，帶著濕氣的熱風隨之轉強，讓人意識到大學位於山丘上的事實。

迎面而來的熱風感覺很不舒服，逆著質感不佳的風前進時，木鳥忽然低喃一句。她的音量就跟我剛才含著飲料罐自言自語時一樣地小聲。那感覺相當虛幻，很容易就被風聲掩蓋過去。

「為什麼人們相處到最後，總會出現問題？」

一開始，我以為木鳥指的是我和前女友的關係。不過，後來發現木鳥不是在對著他人說話，而是她內心裡悄然冒出的話語。話語水滴在她的內心掀起漣漪，飛沫隨之濺起，飛濺到我的耳邊來。

儘管裝作沒聽到，我還是忍不住邊回想那位強悍的母親大人，邊猜想木鳥指的會不會是她的父母親。理所當然地，木鳥一定有父親。假設她的父親不是離開人世，木鳥說的「相處到最後總會出現問題」的原因就有可能存在。木鳥的意思是想知道原因嗎？

父母的問題和跟女朋友分手的話題不能相提並論，而且父母的問題會牽涉到生活。

只不過，我不知道沒有爸媽是什麼樣的感覺，或許難以想像其中究竟。

走進圖書館後，馬上看到設置在正面的讀卡機，櫃檯則在右手邊。館內的溫度要冷不冷的，我在輕微寒意之中，走向櫃檯準備申請入館許可。我本來以為沒有事前申請會拿不到入館許可，但出示學生證之後，館方意外乾脆地接受了申請。櫃檯人員遞出申請書後，木鳥在上面填寫名字。我沒抱著什麼特別的想法，默默在旁邊望著木鳥寫字。

「……咦？」

我不由得探出身子細看木鳥寫的字。我看過那線條剛硬的筆跡。

木鳥的筆跡看起來，跟抄了手機號碼和地址的字條筆跡一樣。

「怎麼了嗎？」木鳥表現出納悶的模樣，我壓抑住內心的動搖，敷衍說：

「沒事，我只是在想妳寫的字相當剛強有力。」

聽到我這麼說，木鳥顯得有些失落地低下頭，髮絲隨之向下滑落。

「我常被人家這麼說，說不像女生寫的字。」

「嗯。不過，不需要那麼在意啦！像我寫的字就很醜。」

我抱著自虐的心態說出打氣的話語。在那之後，我稍微拉開距離，等待木鳥填寫好申請書。

應該是一樣的筆跡吧。我在腦海裡把剛才看到的筆跡，和記憶裡的筆跡疊在一起後，得到確認。

「久等了。」

也因為先前聽到木鳥低喃的話語，所以她走回來的時候，我忍不住開口詢問：

「我問妳喔，這個問題或許有些失禮。」

「是，請問是什麼問題？」

「妳會想見到父親嗎？」

聽到我沒有任何開場白就這麼詢問，木鳥的臉色大變。早知道不應該問的。儘管腦中閃過後悔的念頭，但話一說出口就收不回來。木鳥微微俯首，搖搖頭說：

「我不知道，應該吧。」

木鳥回答得有氣無力，也沒有明確指出意思和方向。

她低著頭的模樣以及顯得害怕的感覺，讓人看了忍不住嘆氣。

不過，這或許也是正常的反應。

我回想起自己還是國中生時的模樣，在朦朧之中看見「小孩子」的輪廓。

在學生餐廳吃完午餐後，我決定回去公寓。我想確認一些事情，而且雖然不小心看到了前女友，但確實已經消磨掉不少時間。就這點來說，必須表示感謝。

走下坡之後旁邊就有一家便利商店，我猶豫了好一會兒要不要進去買冰淇淋，但最後沒有進去，直接走回公寓。雖然在圖書館時氣氛顯得相當詭異，但我們原本就因為內衣褲事件而關係僵硬，所以反而應該說變得比較容易交談了。這非常值得開心啊！

我帶著獲得成果的滿足感準備回房間，並打聲招呼說：「那我先回去囉！」

「神先生！」

木鳥突然以強而有力的聲音叫住我。回頭一看後，看見木鳥姿勢僵硬地抓著裙襬。

她咬住下嘴唇，身體不停地顫抖。

「什、什麼事？」

一股感覺不妙的氣氛瀰漫。木鳥完全沒有辜負我的期待，採取行動說：

「我、我有東西要賣給你。」

該來的還是來了，想也知道木鳥接下來會說什麼。怎麼可能讓妳有機會說！我先發制人地說：

「如、如果是要賣內衣褲，我不會買的。我也沒有朋友會買。」

木鳥肯定是為了提這件事，才會約我出去。她想要讓事情有個了斷。木鳥用力咬著下嘴唇，好不容易才抬起下巴說：

「那這樣，換別的。」

「……咦？什麼別的？」

木鳥別開了視線。她的眼窩不停地微微顫動，耳根也瞬間染上紅色。

她的眼睛宛如冒泡的汽水般，每眨一次眼，都會呈現不同的色澤和模樣。

究竟是怎樣！

木鳥表現出強烈的鬥志，讓人不禁感到畏縮。在這樣的狀況下，木鳥乘勝追擊說：

「我、我在想，不、不知道你願不願意買、買我？」

「………………………………………………………………………………啊？」

感覺上，在我屏住呼吸的這段時間，地球已經繞了三圈。

女國中生的威力足以讓人覺得時間停止了那麼久。

這……

這、這是認真的？這是真的賣春行為耶！

相較之下，內衣褲的買賣根本是小事一樁。

「咦？咦？咦？」

連我也變得像一個沒見過世面的小女生一樣驚慌失措，甚至以為自己聽錯了。木鳥小姐，妳……木鳥小姐？

「嗚、嗚～～～～～～～～～～～」

「啊！喂！」

木鳥抱著頭，陷入恐慌地胡亂搔抓頭髮。看見她的模樣後，我稍微冷靜了下來。基於各種涵義，我都想問一聲：「妳要不要緊啊？」我正在為木鳥擔心時，木鳥抬起頭，帶著感覺都快咬斷舌頭似的猛烈氣勢說：

「請請請、請靠慮看看！」

木鳥不僅咬到舌頭，連腳步也沒踩穩，視線還不知道看向何方。表現出一切都兜不起來的壯烈舉動之後，木鳥跑了出去。她身體歪一邊地逃進房間裡，真佩服她竟然沒有跌倒。

想必木鳥一定也上了門鎖。就算一直敲門，她應該也會裝不在家裝到底吧。

「唔……喂！喂～喂……」

猛烈的一擊讓我的四肢變得僵硬，就連內心的情緒也動搖到一半便被凍結了。

我鼓起勇氣拒絕購買，卻被推銷更慘的產品。這產品也太誇張了吧！

回到房間後，我趴倒在地板上。趴下來後，背部開始痙攣。

唔～唔～唔～～～

女人實在太可怕了，竟然可以如此輕易地把男人逼到絕路。

然而，我連趴著休息的時間都沒有。

「……啊？」

我的好鄰居為了讓人隔著牆也能清楚聽見，正刻意放大嗓門不知道在嚷嚷什麼。

雖然完全不想聽，但我還是往牆邊滾去。

「是～一點也沒錯～對方還是國中生耶！國～中～生～這社會的風紀敗壞實在令人擔憂。是～我希望讓對方知道如何當一個善良的好市民……」

我赤腳走出房門，突擊隔壁房間。西園跟我一樣，也不習慣鎖門。

雖然有可能會被房東罵，但我不顧後果地用力踹開西園的房門。

「救命啊～～～援交歐吉桑跑來我的房間啦～～～」

這時代很少人自己住還安裝室內電話，西園一邊捧著室內電話機，一邊仍繼續對著話筒的另一端申訴。我毫不客氣地走進西園的房間，往西園的下巴一腳踹去，給了他一點顏色瞧瞧。西園在地板上到處打滾，揉成一團的紙張隨著他的動作發出唰唰聲響，讓人聽了就煩。

很久沒進來這傢伙的房間了，他還是一副自以為是文豪的德性。揉成一團的紙張全是沒印上任何文字的空白影印紙，西園只是為了營造氣氛才丟了滿地的紙團。他純粹是一個笨蛋。

「可惡，沒想到你已經連援交歐吉桑無影腳都學會了……動作還那麼熟練！」

我再補上一腳，把西園踹到牆邊去。

「很煩耶！你會不會太閒了？還自己在演短劇！」

西園再怎麼誇張，也不可能真的報警吧？我搶下紅色的話筒湊到耳邊後，抱著開玩笑的心態對著話筒說：「喂～喂～」

「喂～發生什麼狀況？」

「……………………………」

話筒的另一端傳出回應。我全身的血液和汗水瞬間散開。散開的汗水集中到背部，宛如噴泉一般湧出，浸濕了襯衫。我用勉強還保有的少許理性遮住話筒，並轉過身。西園悠哉地躺在牆邊休息，我對著他大聲怒罵：

「誰叫你真的報警了！」

「難道你要我打惡作劇電話給警察！」

「不是這個意思吧！」

西園朝這邊滾來，我用援交無影腳（暫稱）把他踹回去。不行，我要冷靜下來。

「不好意思，方便確認一件事嗎？請問您真的是警察嗎？」

「咦？不是啊，你誰啊？你不是西園吧？」

對方也放棄裝出穩重的聲音，毫不掩飾地以粗魯的語調說話。

對方果然只是配合西園的惡作劇在演戲，不是真的警察。

我早就知道是這樣，哈哈哈！唉～背上的汗水好濕好冷啊～

「感謝你的配合演出，我代替西園向你道謝。」

可以的話，其實我也很想狠狠地踹這傢伙一腳。

「你的意思是不需要再演戲了？」

「我是這個意思。」

「好吧，那再見囉～援交歐吉桑。」

對方在最後留下這句沒禮貌的稱呼，便掛斷電話。可惡，果然是西園的朋友沒錯。

你們兩個！我必須跟你們更正一件事。

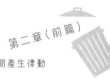

「誰是歐吉桑了！」

「真沒想到你比較在意的是這點。我看你打從骨子裡就是援交人。」

「要不要我把你那缺乏觀察力的眼睛戳瞎？」

我把話筒一丟，再用腳撥開地板上雜七雜八的東西後坐了下來。西園的房間還是跟以前一樣，地板上散落一地的東西，連想找個地方坐都很辛苦。地板上有稍嫌骯髒的軟綿綿棉被，真不知道他從什麼季節就一直放到現在。還有像把落葉掃成一堆、堆成一座小山的書本。還有更誇張的東西，那可能是西園的午餐吧，只剩下醬汁的涼麵盒就直接擱在地板上。在這樣的環境中，西園竟然還能大動作地滾來滾去。就負面的角度來說，他確實擁有自己的勢力範圍。

「事態的發展似乎挺有趣的嘛。」

「是啊，（對你這個愛湊熱鬧的人來說）是很令人開心的發展吧。」

「嗯、嗯。」

在當事人的面前，還好意思厚臉皮地點頭認同。是說，我本來就不對西園抱有任何的期待。

摸著額頭把瀏海往上撥後，整顆頭自然地屈服於地心引力，我只好托起腮撐住頭部。然而，低下頭後，我無法控制地深深嘆了一口大氣。木鳥就住在西園隔壁的房間，不應該太大聲說話。

「內衣褲就算了，這完全是犯罪行為。」

「既然你有自知之明，我勸你去自首吧。」

「閉嘴。」

我揮手做出趕人的手勢。「這裡是我的房間。」即便西園這麼說，我還是繼續揮手，沒打算理會他。

「這種事情拜託去找二樓的帥哥嘛。」

不要把男女問題硬塞到我身上啊！我已經受夠這方面的折磨，整個人精神憔悴。

「帥哥不需要用買的，也可以自己任意挑選女人吧。」

說得也對……等一下，這句話是不是暗藏著瞧不起人的意思？

「然後啊，我也不會被推銷，對吧～」

西園一副贏得勝利的得意模樣發出「呵呵呵」的笑聲。可憐的西園，讓我來告訴你事實吧。

「人家只是純粹討厭你而已。」

「重點就是，她需要一定金額的錢。」

對自己不利的話題，西園完全不予以理會。他保持盤腿的姿勢在地板上滾動，還一邊用腳底互相拍打。以西園來說，這次算是難得把話題轉移到有幫助的方向。

一定金額的錢啊……原來如此，事情的真相越來越清楚了。

那字跡是木鳥的字跡，加上在圖書館裡提到的話題……應該就是那麼一回事。

「現在是暑假，我猜她是需要一筆錢可以大玩特玩。」

「她不像是那樣的女生。」

「看來你已經被那個蕩婦給騙了。沒有一個賣春女會在額頭上貼著『我是妓女』過生活的。」

西園怎麼可以說得這麼篤定？

他是不是曾經因為女人有過悲慘的回憶？不過，我也沒立場說別人就是了。

「援交之神啊，有這樣的別名也太帥了吧。」

「我只有一種整個脖子緊到不行的感覺。」

我根本還沒說要接受木鳥的提議……不對，我沒有要接受的意思。

「是喔……」

不知道是不是因為踹了西園幾腳，感覺心情平靜了一些，現在有心情好好冷靜地思考一下，看自己接下來該怎麼做。目前來說，我少了可以用來做判斷的材料。

我瞥了放在矮桌上的桌上型電腦一眼，螢幕保護程式裡的緞帶在畫面上到處舞動，勾勒出彩色的線條。紅紫色緞帶從眼前劃過，房間裡的牆壁隨之被染上淡淡的色彩。

隨著色彩消失在牆壁的另一端，我宛如要追上色彩似地站起來。

「跟你借一下電腦。這台電腦可以上網吧？」

「現在還有人會用不能上網的電腦嗎？」

「我還住在老家的時候有喔。」

我用膝蓋頂著矮桌，操作起滑鼠。螢幕保護程式關閉後，畫面上出現非常「那個」的影像。我懶得追究這件事，開始搜尋起記憶模糊的地址。幸好只要輸入發音就會出現很多同音字，幫了我大忙。我稍微查了一下車站名稱和地名。

「……原來如此，距離挺遠的，要搭電車可能距離太遠了。」

「那什麼地方？援交聖地啊？」

「不知道，我沒去過。」

西園從旁邊探出頭看，我一腳踹開他後，他這回換成從旁邊伸出手來。

他伸來的手上拿著杯子，我接下空杯子後，西園已在不知不覺中準備好了酒。黃色液體從傾斜的玻璃瓶裡劃出一條如坡道的斜線，好想跳進去裡面盡情滑翔。

都怪天氣太過悶熱，才會忍不住有這樣的想法。

「今天我請客，你不用拿香鬆來當下酒菜。」

「感恩～」

太陽根本還沒下山，真是太頹廢了。

我帶著消沉的表情接過杯子。雖說能喝到免費的酒，但不是會讓人樂意去做的事。

「我們要挑夜燈徹底討論。今天的主題是『與女國中生的援交，讓他的內宇宙空間產生律動』。」

「哪有什麼律動！」

知道我為什麼會說不樂意了吧？那當然是因為今天晚上會是這般下場。

「看我援交曙光公主的厲害！」

「怎樣也不會是你說吧！」

西園使出亂掰的醉漢必殺技，但根本不須閃躲，他的拳頭自動搖搖晃晃地往下墜。

天還沒亮，我們已經醉得差不多了。

西園和我的酒量都不算好，只要喝一點點酒就會滿臉通紅，眼球也會布滿血絲。

說到我們最初為什麼會這樣喝酒，還不是因為西園主動來邀我，說什麼「這樣感覺很帥」。我們純粹是嚮往變成大人才開始喝酒，老實說，我從不覺得酒有什麼好喝的。

每次喝酒都會覺得腦袋泡在酒精裡，還發出濺起水花的聲音。

我到底在這間髒亂的房間裡待了幾個小時？

「現在差不多幾點了？」

「根據太陽的位置來看，差不多八點吧？」

「太陽已經下山了喔……」

西園真的喝醉了。不過，他清醒的時候也是很隨便，所以沒什麼太大的差別。

原本塞在冰箱最裡面的軟Q炸花枝和米菓都吃光了，接下來只能小口小口地喝酒。

不過，這麼一來，不用十分鐘就會醉倒。

好想再來一點下酒菜。

「我去找點東西來吃，你等一下。」

雖說我是以香鬆為必備菜，但只要去冰箱裡找找，應該找得到一些東西吧。酒精目前還沒流竄到雙腳，所以我的腳步踩得還滿穩的。「嗯～」西園點點頭含糊地應了聲。

走出屋外後，發現天色已暗。不過，跟我的老家比起來，路上還是會看到車輛接二連三地駛過，也有路燈和店家的燈光，所以還不到一片黑的地步。在這般熱鬧氣氛的影響下，儘管已是太陽落入地平線的時段，卻更強烈地感受到夏天的悶熱。

在如此悶熱的夜景裡，一道人影從燈海的那一端劃破夜幕走來。

對方是比內，她也立刻發現我，臉上浮現難以言喻的表情。我一副邋遢樣露出笑容後，比內的表情變得有些嚴肅。所有詩篇都歸還了，照理說我們已經沒有任何交集，但彼此還是很自然地停下腳步。兩人沒說話地注視彼此時，我察覺附近傳來蟲叫聲。

比內的懷裡捧著塑膠袋，梳子從袋口冒出頭來。她的咖啡色頭髮也濕濕的，看樣子似乎是去了澡堂回來。其實公寓裡每間房間都有淋浴間，但淋浴似乎滿足不了她。雖然和我的原因大不同，但她的肌膚也微微泛紅。

我們沒怎麼樣，只是面對面而已，但比內的左右眼大小不對稱，所以看起來像是皺著眉頭。她絕不是因為討厭我而露出厭煩的表情……應該不是的。

「嗨！小桃！」

我態度親切地喊了比內的名字後，被揪住胸口。這種態度已經超出裝熟的範圍。

「我比你大耶！」

「那妳可不可以表現得像年長者一點？」

「好吧，就讓我來管教一下態度傲慢的大學生……」

可能是聞到我呼出的氣，比內說到一半時忽然身體往後仰地說一句：「酒臭味！」然後站得遠遠的。真難得，原來喝酒也有好處。

「我剛好跟西園在喝酒。妳認識西園嗎？他住在我隔壁。」

「我不知道他的名字，但看過他。就是那個染上作家病的傢伙，對吧？」

作家病，好妙的形容。畢竟西園那傢伙的興趣就是扮成作家。

「……所以，你找我什麼事？」

「沒事啊～我們不過是恰巧遇到而已，妳會不會自我意識太強了？」

「是喔。」

比內的語調顯得不悅，並且別過臉去，直接往階梯走去。

美女都這樣，真的很傷腦筋。不對，其實沒什麼好傷腦筋的……仔細一想，如果單純看外表，比內確實是個美女。住在二樓的剪髮男很有女人緣，所以也是好男人。隔壁的米粉頭男雖然顯得俗氣，但好像有女朋友，所以也是好男人。至於木鳥，只要不考慮到她媽媽，也會覺得她長得很可愛。這麼一來，只剩下我和西園「不屬於那一邊」。

我轉過頭看向排在右斜前方的房間。

感覺好像打麻將時被排在最旁邊的沒用麻將牌喔。好可悲啊～

「對了，妳有爸媽嗎？」

聽到我唐突的提問後，爬樓梯爬到一半的比內皺起眉頭，一副充滿戒心的模樣。

我仰望著比內，比內則低頭看著我。在這樣的角度下交談，彼此的脖子有可能都會很痛。

「當然有啊。」

「他們好嗎？」

「應該是吧……怎樣？」

比內彷彿在說「不要故意讓人著急」，在踏板上原地踩踏發出催促的聲響。

真不知道該說她是直線思考，還是急性子，但我也沒資格說別人就是了。

不僅如此，比內還像舞龍舞獅的表演一樣甩起沒綁起來的濕頭髮，水滴從階梯的縫隙之間飛濺過來。這算哪招攻擊啊？水滴還噴得挺遠的。我帶著極度複雜的心情，對著劇烈甩頭的比內說：

「沒有啦，我只是想到住在最裡面那間套房的女國中生，她沒有跟爸爸一起住。」

我指向一樓最旁邊的房間。微弱的燈光從門縫裡流瀉出來，只要豎耳傾聽，也會聽見厚實宏亮的聲音，木鳥的母親似乎也回到家了。有那麼強悍的母親，或許也一手包辦父親該做的事，搞不好沒什麼問題吧。

可是啊……

「沒有爸爸不知道會是什麼樣的感覺喔。」

成長過程中，父母親都陪伴在我的身邊，現在雙親也仍健在，所以我無法體會那種心情。

即便是種類相似的生物，依生活環境的不同，其生態也會有很大的差異。住在沙漠裡的青蛙，以及住在我老家附近田裡的青蛙，在生活方式上肯定會有很大的落差。這是一種適應，沒有誰對誰錯。對於父母親都在身邊的人，以及只有單親在身邊的人，也可以套上相同的說法。

兩者之間的落差或許不會誇張到有戲劇性的變化，但還是不同。「要回老家一趟嗎？反正跟老爸也沒什麼話好聊，回不回去都無所謂吧？」木鳥肯定不會像我一樣抱著輕鬆的心情為這件事煩惱。

木鳥會有什麼想法呢？

她會想跟父親見面嗎？

「應該就是『我沒有爸爸』的感覺吧？」

比內的回答只是直接指出事實。我抬頭看著她的臉，不禁想搖頭嘆氣。

「妳還真隨性。」

「不隨性要怎麼辦？就算認真動腦思考，也不能讓某人消失，當作對方不存在過吧。」

「……妳是在指我嗎？」

「一個人被賦予的環境是屬於那個人的，障礙或困難也是屬於那個人的。在困境中得到的收穫或有新的發現，都是屬於那個人的。小鳥會吃蟲，就算知道這個事實，我也不想吃蟲。」

比內滔滔不絕地強勢說出她的主張。我保持沉默地聆聽時，不禁被她的氣勢壓倒。不過，冷靜地反芻話語後，發現她說的話完全抓不到重點。嗯……她想表達的重點應該是，就算能體會對方的心情，也跟她毫無關係吧。雖然不是很能理解，但確實相當符合比內的作風。

「有那麼一瞬間，我確實覺得妳比我大。」

「我永遠比你大。」

我坦率地說出感想後，比內難得露出了笑容。不過，那笑容顯得有些壞心眼。

「如果樓下房間沒住人，不知道該有多好啊！」比內一邊口出惡言，一邊爬上樓梯回到自己的房間。嗯，我完全被視為眼中釘了。我明明是妳詩篇的粉絲耶。

「原因可能就出在這裡吧。」

咯咯咯，我不由得聳起肩膀笑出來。不知道為什麼，就是覺得很好笑。

可能是喝了酒的關係吧。

我兩手空空地折返回到西園的房間，西園一臉睡眼惺忪的樣子抬頭看著我。

「咦？下酒菜呢？」

「不知道花了多少錢喔？」

「嗯？你帶了多少錢來？在哪裡？」

「我跟你喝過了好多次，不知道花了多少錢喔？」

西園轉動視線矇矓的眼睛，視線在空中遊走。他一根一根地折起手指頭在數數，但八成沒在做任何計算。西園上上下下地移動著眼球，那模樣讓人看了毛骨悚然。

「應該花了不少錢吧，幾乎都花在下酒菜上。」

「我想也是……」

如果把所有金額累計起來，別說是新幹線，恐怕連飛機都搭得起。

花了那麼多錢買來的酒和下酒菜化為我的血肉，在體內流竄。明明如此，我卻不能環遊日本一圈，也不能搭飛機去國外。這該說是不公平，還是不合理？總之，我內心升起一股強烈的焦躁感。我在浪費精力和金錢，更重要的是我在浪費人生。

盲目地鍛鍊肌肉的那年冬天，我只要有一天沒做重力訓練就會感到焦躁不安。現在的感覺和那時候很像。焦躁感來自一個疑問：我的生活過得有建設性嗎？如果當下的行動不能延伸到下一個目標，就會覺得毫無意義、覺得是多餘的。比起為了拉高分數一直玩某個早就破了所有關卡的遊戲，玩新的遊戲闖關會比較有延伸到下一個目標之感。應該就是類似這樣的感覺吧。

說得極端點，每個人最後都會死。有些事就算再怎麼想要有建設性，也無能為力。即便如此，我還是希望追求下一個目標。所謂的正面積極，應該就是這麼一回事吧。

一個人或許沒辦法飛上天空翱翔，但想仰望天空景色的心不會凋零。

我的心強烈地告訴我必須更有效率地生活。

「所以，那些錢在哪裡？」

「好，我決定了！」

我再次離開西園的房間，自始至終都沒有理會那個笨到最高境界的笨蛋。可能是酒精退得差不多了，視野變得清晰。原本只覺得遙遠的朦朧光線也像是拉近了距離，分得清星光和燈光之別。天地之間出現一條界線，我忽然陷入彷彿站在地平線上的錯覺。

我感受到命運在天與地的夾縫之間流動，並且在背後推著我。

「喂～」一隻大蟲在背後叫我，我保持看著前方的姿勢回答：

「就跟你說，我做好決定了！」

我決定要花錢花得更有意義。

「喂～我決定接受援交～」

一大早我來到房門前，使力地敲門。說是一大早，但其實已經過了十點鐘。每敲一次門，就覺得我的腦袋快要炸開。敲門敲到第三次時，屋子最裡面傳來急促的腳步聲。女國中生像一隻巢穴遭受襲擊的小鳥，從屋子裡衝出來。

衝出屋外的小鳥像紅雀般紅冬冬的，舌頭和眼睛忙碌地轉動，整張臉感覺都快冒出油來。

「我先確認過妳媽媽已經去上班才敲門的，請放心～」

我也不想調皮地槓上神龍波倫加。憑我的力量，贏不了真正的神。

「我、我才不……那真是太好了……」

木鳥猛地挺直背脊，很快地又放鬆下來。怎麼有人這麼容易被識破心聲啊。

「嗯，那妳去換衣服吧，我們要出門。」

「啪啪啪啪……」

「誰叫妳吹泡泡了！」

木鳥口吐白沫的模樣看起來，簡直像我在責怪她一樣。我實在看不下去，只好幫她擦了擦口水。

「要、要、要去哪裡？」

「祕密。援交也有援交適合去的地方。」

「真……」

「真的嗎？」

愛湊熱鬧的傢伙從隔壁房間衝出來，我將他夾在門板和牆壁之間制伏他，然後催促木鳥說：「好了，快去換衣服。記得要精心打扮。」木鳥依舊面帶遲疑的表情輕輕點點頭後，背影像消了氣的氣球似地走回房間最裡面。意志消沉成這樣，一開始不要提議不就好了。說是這麼說，一個平凡的國中生想必也沒有其他方法可以賺一大筆錢。

「偷聽狂，你什麼時候會消失啊？」

西園全身被壓得扁扁的，唯獨那張臉顯得極度正經，看得我不禁覺得好笑。

「別誤會，我這是在採訪。因為我想以你為主人翁寫一本小說。」

「這樣啊～那我真是太榮幸了。大師，請問書名是？」

「《淫亂女學園實錄・夏日篇》。」

「去死吧你！」

我把西園塞進門後，完成封印動作。神啊，請讓他一直待在房裡直到變成肉乾吧！

我一邊壓著門以免西園再次開門，一邊等待木鳥。過了將近十分鐘後，不是一身制服打扮的木鳥慢吞吞地走出來。她開門的力道相當微弱，還有些彎著腰，我們兩人的身高本來就差了一顆頭，現在感覺差距更大。我傷腦筋地搔了搔頭，但還是決定踏出步伐。木鳥也很努力地跟上來，與我並肩而行。

「……嗯？」

上方傳來有人在爬樓梯的聲音，我抬頭一看，但沒看到任何人。

沒什麼好奇怪的吧，樓上本來就有住人，有人進出也是理所當然的事情。

「我們去車站搭地下鐵，然後還要搭新幹線。」

在木鳥詢問要去哪裡之前，我先說明了目的地。不過，我沒有說出具體的地名。

「要去那麼遠啊？」木鳥這麼嘀咕後，忽然把眼睛瞪得圓圓的、嘴型也變得圓圓地發出「啊！」的一聲。

「我沒帶那麼多錢出來。」

「我幫妳出。」

所謂的援交就是這麼回事啊。

我們搭上地下鐵，來到一個大車站。在那之後，因為不熟悉車站，所以花了一些時間才找到ＪＲ售票處。一路尋找售票處的時候，我思考了一下木鳥的事情。

如果不要堅持搭新幹線，願意改搭其他交通工具的話，也是有機會節省一些費用。

但是，如果沒有當天來回，恐怕會引起一些麻煩事。我回想著波倫加媽媽的可靠背影時，找到了ＪＲ售票處，所以決定進去買新幹線的車票。完成購票步驟準備付錢時，我終於知道對一個國中生來說，新幹線的車資真的很貴。

按下按鈕的同時，我回想起自己還是國中生時曾經多麼渴求金錢和自由。

根據新幹線的目的地，或許木鳥在某程度上已經預料到是怎麼回事。話雖如此，但照理說，我不應該知道相關資訊，所以對於這次的行動，她應該是抱著半信半疑的態度。木鳥變得越來越沉默，儘管一直迷路，我還是帶著她努力朝向目的地前進。

我們明明是搭上前往大都市的新幹線，到了目的地車站下車後，在路上走著走著，才發現來到一個相當偏僻的鄉下地方。這裡的住戶比我老家周邊的住戶還要少，一眼望去盡是田地和山脈。在夏天的強烈日曬下，植物呈現鮮豔的深綠色。感覺上即使距離很遠，也聞得到植物的獨特氣味。

聞得到獨特氣味是無所謂，但走在沒有半輛車子駛過的馬路中央時，四周沒有任何東西可以遮蔽陽光，實在走得相當辛苦。

「早知道應該戴個帽子的，對吧？」

我向木鳥詢問意見，但沒有得到回應。木鳥忙碌地轉動著眼珠，似乎沒有多餘心思回答我的問題。她的反應證明我的推測應該正確，我不由得鬆了口氣。

來到外觀古色古香的住家前面時，一路上始終保持沉默的木鳥轉身看著我，張開了櫻桃小嘴。

她露出像是看到超自然現象似的懷疑眼神，眼神裡藏著驚訝和不安。

「神先生，你怎麼會知道？」

「呵呵呵，因為我是『神』啊。呵呵呵，這麼點小事當然會知道囉。」

我也想表現得帥氣，但難為情的情緒跑在前頭，忍不住夾雜了噁心的笑聲。

想輕鬆說出耍帥的話語，平常就必須鍛鍊。我也來寫詩好了。

「妳不是很想來這裡嗎？好了，快去見他吧！」

我從背後推著木鳥說道。木鳥按住胸口，呼吸變得急促，用力踩在原地不肯前進。

她一副像在說胸口疼似的模樣回過頭，臉上浮現困惑的表情。

「太、太突然了……我還沒做好心理準備。」

「現在做好了，快去吧！」

這應該不是要整理好心情才去面對的事情吧。

木鳥轉過身不肯移動腳步，並露出感觸極深的眼神看著我。

「你還幫我出錢。」

「沒有喔，誰說我要把錢送給妳了？」

「咦？」

少女，妳別想得太天真啊。我做出牽制後，木鳥明顯表現出有所戒心的態度。

如果就這樣讓木鳥進去，未免太裝模作樣。

「該討回來的，我還是會討回來，但不一定要是金錢。」

「不、不一定要是金錢的意思是指……這個嗎？」

不知道為什麼，木鳥隔著衣服捏著腰部側邊的肉。在她的眼中，我是會提出這種怪要求的傢伙嗎？

「我不會要妳馬上還債。」

我輕輕摸著木鳥的頭，用手梳了梳滑順的髮絲。

「等妳再大一點，成為法律允許的好女人之後再來就好了。」

我勉強沒有咬到舌地順利說出這句從昨晚開始醞釀的台詞。

木鳥淚水盈眶地抬頭看著我，她的視線無疑是把我當成成熟的大人。

我贏比內，也贏西園了！這股優越感讓人就快開心地彎腰笑起來。我揍了自己的側腰一拳控制住情緒，並轉過身準備在附近隨便找個地方等待木鳥時，腰部的衣服被拉住了。木鳥露出像小孩子在討東西似的不安表情，指著住家的方向說：

「一、一起去。」

「不要。妳自己去，因為那是妳的爸爸。」

我總不能當自己是監護人似地陪同木鳥進去吧。再怎麼好心，也不可能付出到那樣的地步。這可是援交，除了付錢，其他的我都不會做。

「為什麼你連這個都知道呢？」

「我就是會知道。好了，快去吧，少女！」

我從背後推了木鳥一把。木鳥一下子看向住家，一下子看向我，忙碌地轉動著脖子。不過，她的腳步緩慢地朝門口前進。我一直揮著手，不讓木鳥有折返回來的機會。

雖然父親的部分是我猜的，但說實在的，也沒有其他的對象可猜。

確認木鳥已經穿過門口後，我把視線移向田地另一端的山脈。一邊眺望在遠處隨風搖曳的纜車電纜線，一邊壓抑著開心到想要跳起來的心情。好難為情啊！

「做了一個很好的約定呢，哈哈哈！期待五年後趕快到來。」

不過，那時我可能已經不住在那棟公寓。

如果還住在那棟公寓，問題就大了。

「我來算一下……五年也是有可能喔，如果留級的話。不對，萬一留級，應該就拿不到生活費……」

我縮回數數的手指，在田邊坐下來。背部和頭髮被烈日曬得灼熱，開始覺得汗水就像一顆顆會扎人的利器，心中不禁浮現疑問：我千里迢迢地來到這陌生地方要做什麼？雖然不討厭這麼做，但還是有無法接受的部分。

或許是因為我不認為自己是好人吧。

明明不是好人，卻裝出善良的樣子，我看不慣這樣的自己。大概就是這麼一回事。

不過，我想對自己說。

如果你想在女生面前耍酷，就不需要在意。

「嗯，意思就是……」

比起把錢花在和西園的娛樂費（笑）上，不如花在可愛的女生身上還比較有建設性。不論是對或錯，至少我是抱持這樣的價值觀，並且以此為基準採取了行動。

蹲下來觀察景色後，發現渠道裡有東西在動。紅色的東西！

「啊！螯蝦。」

「應該是……喔？」

從眼角清楚看見有影子擋著我的背部和頭部。我回頭一看——

「哇啊！」

比內就站在我背後。比內扠著腰，泰然自若地探出頭看著我。

我因為驚嚇過度而快要掉進田裡，她卻完全沒有要伸手拉我的意思。自力挺起身子後，我邊拍打沾在手上的泥土邊站起來。兩隻腳和膝蓋後側都使不出力，感覺只要一鬆懈，就會一屁股跌坐在地。

比內仰望著我，她抬頭挺胸地在胸前交叉起雙手，額頭上冒著汗珠。

不可能的，不可能在鄉下地方偶然遇到一個長得很像比內的人。

「妳怎麼會在這裡？」

「當然是跟蹤你們到這裡啊。」

比內面不改色地說道。沒想到這女人可以那麼輕鬆就掏錢買新幹線的車票。她該不會是千金小姐吧？如果是，就能接受她身為社會人士卻不工作的事實。

「我是為了防止有變態做出淫亂的行為才跟蹤你們，沒想到竟然來到這麼偏僻的地方。」

「原來妳也是偷聽狂啊……不，我是說您的聽力真好。」

看見比內豎起手指準備使出攻擊，我立刻把話吞回去。

可惡！比內是女生，所以不能動手打她，這裡也沒有門可以夾她。太卑鄙了！

「告訴你吧，最主要的原因其實是我很閒。」

「我想也是。」

其實妳可以關在房裡鍛練肌肉的。妳都不知道鍛鍊肌肉有多好，成長可以成為心靈的養分。

我和比內一起望著木鳥父親的宅邸（暫稱）。畢竟是在屋外，從旁看過去不覺得有什麼震撼驚人的變化，但此刻屋內或許瀰漫著重逢的感動氣氛。我是說，有可能啦。

「話說回來，那國中生是誰啊？」

「只是一個鄰居而已。」

我刻意以冷漠的態度回答比內的問題。我想不到其他像樣一點的答案。

「只是一個國中生而已，你的態度會不會太親切了？」

比內的話語像帶著刺，讓人有些說不出話來。

我的舉動確實有些過頭，用「親切」來形容並不貼切。

「沒有啦……只是想在比自己小的人面前耍酷而已。」

因為神的垃圾桶，我收到那張被丟掉的字條，後來又有機會得知字條的來處。我只是覺得，如果這一連串的事態演變是命運的安排，照著安排行動也不賴，就這樣而已。畢竟今天實在太熱了。

天氣熱成這樣，會讓人覺得哪怕有可能被如洪水般的命運濁流捉弄，也想泡在裡頭散熱。

「你真是讓我刮目相看。原來你不是戀童癖，而是有財力的戀童癖。」

「拜託妳不要用這種會破壞別人名聲的形容。」

這女人除了會挖苦人之外，還會什麼！

我帶著這般責怪的意味瞪著比內，但比內完全不在意。

「對了，我看你一直在這邊等，萬一他們在裡面聊很久，你要怎麼辦？」

「……可以考慮跳進去渠道裡。」

「又不是白痴。」比內低喃。妳可以回去啊！雖然我心裡這麼想，但還是選擇保持沉默。

「看我的祕密武器。」比內一邊這麼嘀咕，一邊從包包裡拿出杯裝冰淇淋。她可能是在搭新幹線時跟販賣商品的推車買的，好羨慕喔～哪有人在熱得快暈頭的時候拿出這種東西，太犯規了！

「給我一口。」

「不要。」

比內拒絕了我。她掀開杯蓋，看似涼爽的白煙往上冒。

剛剛的態度可能有些欠缺誠意，我試著有禮貌地提出請求說：

「請給我一口。」

「我不要。」

比內鄭重地表示拒絕後，一口接一口把冰淇淋送進嘴裡。「嗯～真好吃～」比內一副贏得勝利的得意模樣說道。

可惡！

「……我的夢（遙遠未來）似雨，一滴接著一滴落下，不曾停留在手上。」

比內猛地瞪大眼睛，接著像猛禽般擺出頂出利爪的姿勢飛撲過來。

我擺好應戰的姿勢，準備在田間小路展開一場扭打。比內用嘴巴叼著冰淇淋杯，扭曲著整張臉發出「呼吱呼吱！」的不明叫聲。

身為敵方的我也因為汗水流到眼睛裡而大聲狂叫，但還是不肯退後半步。

為什麼跟這女人在一起的時候，老是陷入這種狀況？

問題到底是出在哪一方？

比內的奇怪叫聲似乎引起了注意。

木鳥一副前來觀察狀況的模樣現身。包括不知不覺中出現一個女人的疑惑在內，她臉上寫著一個大問號說：

「請問……你們在做什麼？」

「做鞋模……」

我和比內互揪彼此頭髮，不停哭喊：「痛啊～～～～」看也知道我們在做什麼吧！

「妳看不出來嗎？」

木鳥露出訴說著「我看不出來」的眼神。不久後，她一副恍然大悟的模樣張大眼睛，放鬆臉頰地揚起嘴角。現在是笑的時候嗎？此刻換成我的臉上出現問號。

「我看得出來你們兩人很開心。」

說罷，木鳥臉上浮現柔和的微笑。那股天真無邪的感覺，足以讓我想縮回手，展現成熟的姿態。同時，我也有了些許體會——為何世上真的會存在著所謂的援交，而且是在違法行為的情況下，援交行為肯定還是會在世界某處發生。

「呼吱！呼吱！」

比內完全沒有要停止的意思。拜託妳看一下氣氛好嗎？

就這樣，我的存款減少了一些。

雖然荷包變得單薄，但我的內宇宙空間產生了良好的律動。

金錢變少了，但心靈上得到滿足。

這是純真不違法的援交。

其實可以編排成第三章的

第二章
（後篇）

「妳有沒有看過長鬃山羊？」

「我看過網站。」

「我說的不是那個kamoshika（註5）。」

如果她對kamoshika有所了解，也是可以聊一聊，但我決定還是拉回話題。

一直蹲在區隔田地和馬路的渠道旁觀察螯蝦後，額頭和脖子上像是被灑水器灑過似地爬滿汗珠。不論是曬在身上的陽光，或是撲鼻而來的熱氣，都強調著此刻正值夏季。感覺上，夏天已經持續了半年，甚至快一年。

因為發生很多事，我為了在女國中生面前耍酷，結果來到如此偏僻的鄉下地方。四周的住家稀少，景色一覽無遺，風也不會因為被建築物擋住而勾勒出曲曲折折的軌道，直直吹拂而過的風感覺舒服極了。為了配合四周多是田地的景觀，就稱它為綠風吧。

只是，我旁邊有個討人厭的女人，故意擋住綠風的去向。

順道一提，我們兩人的手上都抓著一隻螯蝦。「衝啊！快夾他！」「快使出螯功！」「咬死他！」我們一直這樣大聲嚷嚷，直到剛剛才停下來，也真是辛苦被迫陪我們玩的螯蝦了。

「日本人不是會說擁有一雙像長鬃山羊一樣的美腿嗎？長鬃山羊的腿有那麼好看嗎？」

看見比內的雙腿時，我有了這樣的想法。雖然個性很差，但比內有一雙美腿。因為她穿著輕便的涼鞋，所以連腳趾頭也能仔細欣賞。不過，現在是夏天，不管怎樣還是會有一些汗水積在腳底吧。這麼一想後，不禁興趣頓失。

「我也不知道到底好不好看，但就是給人很修長的印象。」

「確實很修長。」

「去幫我買冰淇淋。」

「不要。」

「喝啊！」「危險！」「看我的厲害！」都老大不小了，我和比內又抓起螯蝦互相打來打去。唉~怎麼都玩不膩呢。這時，身後傳來客氣的聲音說：「不好意思，可以打擾一下嗎？」我回頭一看，發現身穿制服的木鳥露出難以言喻的表情站在眼前。木鳥的表情像在陪笑，但參雜著些許尷尬的情緒，其實我也覺得挺尷尬的。

註5◆長鬃山羊的日語發音為「kamoshika」，同音亦指利用虛擬人聲軟體VOCALOID創作歌曲的作者。

木鳥剛剛走回來確認狀況後，再走回家裡，現在又走了回來。好忙啊～木鳥是個女國中生，我知道她叫木鳥，但不知道姓什麼。馬桶蓋髮型的髮絲像在舞動似地隨風搖曳。木鳥有著小巧玲瓏的鼻子和眼睛，五官給人稚氣的感覺。

「怎麼啦？」

我一邊閃躲朝鼻頭襲來的螯蝦，一邊詢問木鳥。比內一副像在說「反正她不是來找我說話」似的模樣，不肯罷休地發動攻擊，害得我不能專心只應付木鳥。在一進一退的攻防戰持續之中，木鳥遲遲不肯說出來意，我只好再次找機會回過頭看。木鳥一副不可思議的模樣，張大眼睛看著我和比內的互動。

「怎麼了嗎？」

「沒有，兩位感情很要好的樣子……是真的感情要好嗎？」

看見我和比內互抓著螯蝦打來打去的模樣，木鳥的心中似乎有很多疑問。

「妳覺得呢？」

「嗯……呃……」

木鳥一邊把弄側邊的頭髮，一邊皺起眉頭看似相當苦惱的樣子。這問題有這麼難回答嗎？我懂了，她不敢說出真心話。雖然很想說看起來像「愚蠢的大人」，但又怕說出來會挨罵。我似乎問了一個讓人尷尬的問題。

「沒事，當我沒問。所以，妳找我什麼事？」

妳難得來到這裡，不用管我們，好好陪在爸爸身邊就好了啊。

催促後，木鳥總算張開看似柔軟的雙唇，一副不乾脆又顯得不知所措的模樣說：

「我跟我爸爸說了之後，他說務必要跟你打聲招呼。」

「喔，原來是這樣啊。可是，我現在正在打螯蝦仗耶。」

打仗打到一半時總不能轉身背對敵人。我和螯蝦先生一起揮了揮螯和右手表示婉拒，但木鳥從背後拉著我。她用意外強勁的力道拉著我說：「拜託、拜託！」這麼一來，我根本無法拒絕，只能乖乖地跟著木鳥走。一個曾經要求我買內褲和其他東西的女兒，我該拿什麼臉去見她的父親？不知道為什麼，沒受到邀請的比內也跟了上來。我試著趕她回去，但發現這樣永遠也別想往前踏出一步，不得已之下，只好就這麼一起前往木鳥的父親家。不過，比內和我兩手都各抓著一隻螯蝦，明顯帶著會夾人的利器。如果換成我，絕對不想見到這樣的恩人（附螯蝦）。而且，我整隻手濕濕的，還有點臭。

心不甘情不願地來到住家的院子後，看見一名疑似木鳥父親的男性在屋外等候。雖然我也不覺得這樣的形容恰當，但木鳥父親給人的第一印象是個很普通的人。他留著一頭剪得齊齊的髮型，戴著鏡框偏粗的眼鏡，下眼瞼有著淡淡的黑眼圈。那是我熟悉的大人模樣，和那位肩膀寬廣的母親比起來，他顯得纖瘦單薄。如果要把木鳥母親比喻成雪崩，木鳥父親會是結在水坑表面的薄冰。

兩人加起來除以二真的有可能變成這樣嗎？我感到懷疑地看向身邊的女國中生。木鳥顯得難為情地頻頻低下頭又抬起頭，一副無法鎮靜的模樣。雖然還沒有細問詳情，但看得出來她應該和親生父親隔了很長一段時間沒有見面。

木鳥的父親有禮貌地低下頭，做出九十度鞠躬的動作。

以前從來沒有大人會這樣對著我低頭，讓我不禁有些困惑。

「這次承蒙你這麼照顧我女兒。」

「沒有啦，哈哈哈，我什麼也沒做。」

木鳥的父親甚至也對著比內低頭道謝，為了不讓他白白低頭，我展現了親切的態度。「哪裡、哪裡，你太見外了！」比內莫名其妙地這麼回了一句，並試圖用肩膀推開我。這女人竟然想邀功！然而，總不能在這樣的場面下當場反擊，上演難看的爭鬥畫面，所以我控制住情緒，只用肩膀和她互相頂來頂去。

明明有相當寬敞的空間，我和比內卻互撞肩膀地擠在一起，不曉得木鳥的父親看了會怎麼想？況且我們手上還抓著螯蝦。

木鳥的父親抬起頭後，感覺得到他的眼神不安地在晃動。儘管如此，表面上我們雙方還是徹底維持和諧的氣氛。這種大人的成熟互動讓人很不習慣，也覺得棘手。

「聽說你和木鳥住在同一棟公寓？」

「是的，我是後來才搬進來，所以受到很多照顧。」

不是我愛自誇，這樣的回答簡直是資優生的表現。姑且不論木鳥，我身邊的這個女人不知道又會亂說什麼。我滿懷戒心地這麼想時，她推開我往前踏出一步。當然了，手上依舊抓著螯蝦。

「這男人一天到晚在倒垃圾，可見他的生活裡有很多東西是多餘的。哈哈哈哈哈！」

比內一副爽朗的模樣加入交談，還刻意貶低我。也不想想我倒垃圾的次數那麼多是誰害的！基於禮貌，木鳥的父親發出「哈哈哈！」的笑聲回應，交談也在這裡中斷了。怎麼有人這麼不會看氣氛啊！

依現在的氣氛看起來，似乎只能由我來延續話題。我是說我覺得啦。

「呃～你和你女兒沒有一起住喔？」

說別人不會看氣氛，但我切入這個話題妥當嗎？話說出口的下一秒鐘，我後悔了。因為焦急過頭，想到什麼就直接說了出來。木鳥的父親像吃了苦瓜似地扭曲著臉，露出苦澀的表情。

「那時對方很年輕，我也很年輕。就是這麼回事。」

木鳥的父親沒有回答太多，形容方式也顯得保守。想想也是，總不能說過去是一場失敗或過錯吧。我邊摸著木鳥的頭心想：「畢竟得到了女兒這個收穫。」不過，我手上抓著螯蝦，所以嚇得木鳥一邊哇哇叫，一邊跳來跳去地逃開。木鳥似乎不喜歡螯蝦在她頭皮上爬動的感覺。想像一下後，我發現自己也挺討厭那種感覺的。雖然只是形式上的反省，但我告訴自己不應該那麼做。

「我爸爸說，叫我今天在這裡過夜……」

木鳥像是要揮走尷尬氣氛似地插嘴說道。我轉移視線打算看向木鳥時，從眼角餘光捕捉到屋內的狀況，注意力隨之被吸引過去。

「如果你們不嫌棄，也請一起留下來過夜……」

玄關門打開了一道小縫，門後有個小男孩在觀察這邊的動靜。小男孩看起來年紀還小，不確定是否已經上了小學。依這種狀況來說，小男孩應該算是木鳥的弟弟吧。

我和小男孩對上了視線，小男孩一副害怕的模樣左右晃動，立刻別開視線。

「神先生？」

「喔，這樣啊……」

在這個有些複雜的社會裡，我的所為不見得一定是善行。

我在水面上丟出一顆石子，不知道會掀起什麼樣的漣漪？

大人的世界真是複雜。

我鄭重地婉拒了在這裡過夜的邀請。一方面不想讓木鳥他們太過費心，另一方面也擔心萬一聊得太多，可能會不小心發牢騷地說：「我差點被迫跟府上千金買內褲呢，哈哈哈！」

還是乖乖回去才是明智之舉。

比內似乎也打算回去，但其實她怎麼決定我都無所謂。她根本也不知道來這裡是為了什麼，所以決定要回去肯定也沒有什麼特別的理由。

「等一下！」

準備回去時，比內忽然發出命令。為什麼我要聽這女人的命令！儘管這麼想，我還是很自然地停下腳步。我站在原地看著比內時，發現她把抓來的螯蝦放回原本的地方。

兩手變得空空後，比內轉過身以冷漠的態度面無表情地說：

「他可能另有家庭了。」

比內難得說出我也認同的意見。照著別人做也沒什麼不好，於是我把手上的螯蝦也放生了。

回到公寓後已經過了兩天。在這之間，沒有發生什麼變化，我一直躺在房間裡，反覆做著操作按鈕的無益動作。電風扇轉動的聲音和廉價的電子音重疊在一起，令人不禁陷入一種錯覺，以為自己和房子一起被拉回幾十年前的夏天。

以前有個來自大陸的業務員，用簡短的日語向我推銷文具用品等物。他當時是推銷一整套的產品，包括鉛筆、直尺、量角器等，一些讓人懷疑大學生根本用不到的文具用品。我拒絕時，對方拿出一樣東西說是贈品，那個贈品就是我現在正在玩的遊戲機。聽到業務員說全部只要一千圓，我就決定買下來了。

那台遊戲機是GAME & WATCH的仿冒品，液晶螢幕比正常的螢幕單薄許多。遊戲機的造型很像克林姆麵包，算是相當方便掌握，但音效十分刺耳，感覺都快鑽進骨頭裡。而且，仿冒品似乎自動省略了像是調整音量這類的友善功能。不論我怎麼操作，音量永遠那麼大；精神比較不集中時，還會被音效嚇一大跳。就不能改善一下嗎？拜託不要在那邊嗶嗶嗶叫了！

還有，每次遊戲結束時我都有種「我到底在做什麼啊？」的掃興感覺，這點是不是也可以稍加改善呢？就這樣，我度過了因為躺太久而頭痛的午後。

這時，門外傳來顯得客氣的敲門聲。

「神先生，請問你在家嗎？」

我在啊。是木鳥的聲音。我丟開遊戲機，往玄關走去。從地板上挪開身子後，發現襯衫因為濕答答的汗水黏在背上，感覺很不舒服。

在玄關穿上涼鞋後，我才想起門沒上鎖。「請進。」出聲催促後，木鳥打開房門，吃驚地發出「哇！」的一聲。也是啦，一開門就看見一個邋遢的男生擋在面前，任誰也會嚇一跳吧。我撩起往下垂的瀏海心想：「差不多該去剪頭髮了。」如果二樓的剪髮男願意幫我剪頭髮，就可以省下剪髮費，問題是我跟他感情沒有很好。

「你好。」

「妳好啊~妳回來了啊？」

「是，上次那件事真的很謝謝你的幫忙。」

木鳥深深低頭致謝。然而，當她抬起頭時，臉上的表情似乎蒙著一層陰霾。或許在她父親家裡發生了很多事吧。

那些事與我無關，所以我不會特地表示關心。

木鳥今天穿著媽媽的襯衫，襯衫太大件了，所以她在兩邊打了結做調整。打了結後，襯衫緊緊貼在木鳥身上，低調地強調著隆起的胸部。木鳥本人似乎沒有意識到這點，但我看了不禁泛起一股寒意。

還有，木鳥捧著一只體積偏大的紙箱，裡頭不知道裝了什麼。那紙箱看起來有點眼熟，仔細一看才發現上面印著附近一家超市的名稱。
「啊！你剛剛在睡覺嗎？」
「沒有啊。喔，妳是看到我頭髮亂翹啊，不用管它。」
我伸手把左邊翹起來的頭髮往下壓。居然比早上起來時還要翹。
「我不是說頭髮，我是說你臉上的痕跡和口水之類的……啊！沒事、沒事。」
「我只是閒到不行，所以在房間裡躺著混時間而已。」
也沒有收到新創作的詩篇，來的盡是一些毫無建設性可言的垃圾。
我深深為自己的草率行事感到懊悔。
「妳今天找我有什麼事？」
「因為上次多虧了你的幫忙，所以想要回禮給你。」
「回禮？」
可愛木鳥的回禮。
我的視線在空中遊走一圈後，有所驚覺地說：
「我不要內褲喔！」
雖然很想要，但我不要！
「不是內褲！」

木鳥瞪著我說道，嘴唇和耳朵都變得紅冬冬的。「你這傢伙很煩耶！」看見木鳥用眼神說出這般心聲，我決定表現得收斂一些，不過，還是有必要講清楚說明白。

如果不這麼做，在隔壁房間豎起耳朵偷聽的笨蛋肯定會散播謠言。到時我將被迫經歷三段式變身，從愛詩狂變成援交狂，再變成內褲狂。每一段變身都往錯誤的方向一路直奔。怎麼會這樣呢？我就是我啊！

「所以，請收下這個！」

儘管滿臉通紅，木鳥還是遞出懷裡的紙箱。

我一邊用胸口接住紙箱，一邊詢問：「這什麼？」

「我在超市抽獎中了二獎，所以……請笑納！」

「啊？」

我決定先接下紙箱。確實抱住紙箱後，我打開來看。

紙箱裡裝著木炭、鐵網、點火器，以及鮮肉和蔬菜的拼盤，連夾子都有。

這可能就是大家說的烤肉組合包吧。

「因為裡面還有生鮮食品，所以我立刻送來給你。」

「妳這麼有心，我是很高興，但是……」

難道妳要我自己一個人去河灘烤肉嗎？那不叫回禮，會變成整人遊戲！我知道超市正在舉辦抽獎活動，三獎好像是一公斤的砂糖。對一個不太會自己下廚的人來說，不知道砂糖和烤肉組合包哪一個比較實用？

都收下禮物了，如果放在房間角落長灰塵似乎太可惜。「嗯……」儘管木鳥的背後有刺眼的陽光，我還是將視線移向那方。視線的前方有一塊排水不良、貧瘠乾枯的空地，甚至長不出什麼雜草。即使房東偷懶沒有拔草也一樣光禿禿的地面，看起來就像缺乏血色的肌膚。

「那……就今天來烤吧。」

不必特地跑到河灘，只要確實拔掉雜草，就不用擔心會釀成火災。至於誰要拔草，除了我也沒別人了。屋外今天依舊處處充滿陽光和蟬隻，又熱又乾又吵。彷彿只要踏出屋外一步，就會被捲入噪音和熱氣的漩渦之中，完全被吞噬。

「咦？不會吧？現在嗎？」

聽到我的嘀咕話語後，木鳥大吃一驚。以木鳥的立場來說，她應該是抱著「請跟朋友一起享用」的想法送來禮物，現在卻聽到我突然這麼提議，還一副把今天當成烤肉吉日似的模樣，也難怪她會驚訝。

「現在還太熱了，等傍晚的時候再來。不過，要先做很多準備就是了。」

我捧著紙箱縮回房間裡，先把紙箱裡的蔬菜和鮮肉放進冰箱後，暫時也放下紙箱。

我保持蹲著的姿勢在房間裡移動，並戴上用來拔草的棉手套。棉手套是我在檢查垃圾桶內容物時會使用的手套。我再怎麼誇張，也不敢光著手直接翻動來路不明的垃圾。應該沒有人會喜歡直接摸到面紙裡包著的小蟲屍體吧。

雜草沒有長得很高，不用穿長袖也沒問題。我把毛巾掛在脖子上後，回到玄關。看見木鳥還站在玄關，我拍了拍她的肩膀說：「謝謝妳的禮物啦！」然後與她擦身而過。

盡量選了一個沒那麼多雜草的位置後，我蹲下來從距離最近的地方開始拔草。雜草們在這塊貧瘠的土地上勇敢地冒出頭來，正準備成長茁壯，讓人實在不忍心拔掉它們，但萬一燒了起來可是會造成危害。刀子也是，雖然刀子不會主動攻擊人，但也可能在偶然下劃傷人們的肌膚。

總結一句就是，我是個膽小鬼，所以必須這麼做。

木鳥保持一定的距離，探出身子看著一個突然拔起草的男人。

「要在這邊烤肉嗎？」

「對啊，去外面烤肉太麻煩了。」

如果是在老家，走五分鐘就可以到河邊，但這附近根本沒有河灘地。雖說現在放假沒上課，但也不能擅自帶東西進到大學校園裡烤肉吧。

「反正沒有其他事可做，流個汗來烤肉也不錯。」

流汗是一件很讚的事。即使沒有向前邁進，也會產生充實感。我想起埋首於鍛鍊肌肉的那年冬天，也順便想起和前女友的回憶，忽然有種難以接受的感覺。

要是可以回到過去，跟她重新來過的話……我從來沒有過這樣的想法。既然會感到後悔，應該至少會有一次這樣的想法才對，我卻不曾有過。不知道要怎麼重新來過才是我真正的心聲吧。「如果你現在不這麼做，你女朋友就會死掉！你要想辦法制止！」有些戲不是這樣演的嗎？然而，以前並未有這樣明確的指針告訴我應該怎麼做，加上我和她都有很多必須改進的地方，所以會分手也是沒辦法的事。我有不好的地方，她也有不好的地方，當然不可能順利交往下去。

就在我回顧起往事，沉浸在懷舊情緒之中時，木鳥在我身邊蹲了下來。「Hoge。」可能是發呆到真的變呆了，我少根筋地說出毫無意義的字眼。木鳥抓住雜草說：

「我來幫忙。」

木鳥一邊壓著向下滑落的頭髮，一邊輕輕點了點頭。

悶熱的天氣總會伴隨一些負面情緒，木鳥的舉動如一陣涼風般將之襲捲而去。

我不禁放鬆臉頰說：

「妳真是好人耶。」

「沒那回事，真的。」

木鳥揮揮手這麼說，頭髮隨之左搖右擺。看著看著，我心想：「好黑喔。」

「妳等一下！」

我跑回房間去。雖然不確定有沒有我要找的東西，但找著找著，衣服堆裡真的冒出棒球帽。那是中日龍隊（註6）的棒球帽，一眼即可看出來自什麼地區。我已經忘記什麼時候買的，只記得洗過一次後就再也沒戴過。接下來要找手套，雖然沒有第二雙棉手套，但應該有冬天戴的手套……有了！我帶著棒球帽和手套回到草地後，幫木鳥戴上棒球帽。萬一木鳥中暑了，我怎麼對得起她媽媽。還有，我也不想變身成折磨狂。

木鳥的頭髮變得有些熱，享受完觸摸柔軟髮絲的樂趣後，我挪開了手。木鳥摸了一下帽緣後，露出淡淡的微笑說：「謝謝。」看見那笑容的瞬間，我有種「跟平常不一樣」的感覺。過去，木鳥會以禮貌或親切的態度遮蓋內心，露出只是表面上的笑容，但剛剛的笑容感覺毫無掩飾，直接流露出真心。這般毫無防備、彷彿為對方敞開心房的笑容，要是被那方面的愛好者，也就是喜歡國中生的傢伙看見了，肯定會為之瘋狂。

註6◆中日龍隊為日本職棒創始球團之一，是隸屬於日本職棒中央聯盟的棒球隊，於一九三六年成立，其大本營位於日本愛知縣的名古屋。

「神先生才是好人吧。」

「哪有……嗯～就一般般吧？」

幸好我不是那方面的愛好者。硬是這麼做出定論後，我搔了搔臉頰，別開視線。

拔草拔到一半時，房東剛好經過，並像在吟詩似地丟下「佩服、詭異」的評語。雖然被誇獎了，但我並非出自善意才這麼做。如果要問我這麼做是為了什麼，我的答案會是「消磨時間」。既然都要動手了，我比較想做些規模大一點的事，好比說把玉米田整理成棒球場。只可惜，我沒有那麼大塊的土地。順道一提，我也欠缺時間和毅力。

「現在還問這個或許有點晚。」

木鳥一邊把拔下來的雜草整理成一堆小山，一邊觀察我的反應。

我沒有停下拔草的動作，點點頭說：「嗯。」

確認過我的反應後，木鳥微微低著頭說：

「我一直在想，為什麼你會知道呢？」

「知道什麼？」

「知道關於我爸爸的事，連地址都知道。」

木鳥不時看過來，想確認我的反應。

「喔，那件事啊……」

不妙！如果沒處理好，很可能被誤會成「亂翻他人垃圾桶的變態」。我沒有做那種變態會做的事。雖然我會翻自動送來的垃圾，但不會直接去翻別人的垃圾桶。我苦惱著不知道該如何說明，也想著乾脆老實說出真相好了。可是啊，如果說出真相又覺得有點可惜。

「大人的世界很複雜的。」

「喔。」

儘管用了相當牽強的說法，木鳥還是沉默地接受了。「真的很複雜的。」再次強調後，我也低下了頭。

不過，如果詳細說明給木鳥聽，她可能會覺得我「腦袋燒壞了」。

事到如今，才深深覺得只會帶來垃圾的垃圾桶顯得可悲。太熱愛工作了吧！

在那之後，沉默不語地拔草時，二樓的髮廊男（暫稱）回到公寓，瞥了我們一眼。

雖然髮廊男是大家所說的美男子，但在我看來，只覺得是個長臉男。不過，他的鼻子形狀確實滿好看的。我對他的感想是：一個經過歷練的男人。或許女生就是被這點所吸引的吧。

木鳥蹲著向髮廊男行了一個禮，髮廊男點點頭含糊地應了「嗯」一聲後，便離去了。木鳥和他認識啊？髮廊男消失在二樓的房間裡後，我一看向木鳥，她便做了說明：

「他是柳生先生，偶爾會跟我說說話，感覺挺溫柔的。」

原來他有戀童癖啊。還是純粹只要對象是女的，他都會擺出溫柔的表情？

我懂，面對女生的時候，就是會忍不住想要展現體貼。比內不算女生，所以在範圍之外。

「他經常帶女生回來。」

「是啊。」

「呃……你果然會覺得羨慕，是嗎？」

不知道為什麼，木鳥顯得有些尷尬地問道。對了，我好像跟木鳥聊過和女朋友分手的事。

「那當然是非常羨慕囉。不過，也會覺得如果有女朋友很麻煩。」

至少我現在是這樣的想法。如果有女朋友，可能會過度在意對方的感受而疏忽自己，最後在意料不到的狀態下跌得狗吃屎。

可能就是因為有這樣的想法，才會害怕與人接觸吧。這種退縮的做法往往會被解讀成「我變成熟了」。我也明白不該混為一談，但就是改變不了自己。

真希望出現一頭羊或牛來幫忙把草吃掉。我一邊幻想，一邊在大熱天底下持續拔草。「差不多了吧。」腰部和膝蓋開始發麻時，我宣告拔草活動結束。因為覺得不該讓木鳥持續勞動太久，所以讓她站起來。木鳥和我都已經熱得滿身大汗。

我把雜草堆暫時留在原地，先帶著木鳥躲回房間。想到房裡隨時有的東西只有麥茶和香鬆，我不由得反省了起來。一邊反省，一邊拿出兩只杯子倒麥茶。「辛苦啦！」我把杯子遞給木鳥說道。木鳥坐在玄關，開心地接過杯子，臉上綻放出笑容。嗯～怎麼說呢，如果用國中生來劃分，可能會覺得年紀還小，但如果換成年齡的話……木鳥她現在幾年級啊？很肯定地，她不是十三歲，就是十四或十五歲。如果聽到還未滿十五，會有犯罪的感覺。不過，她和我不過相差了五、六歲而已……我到底在幹嘛啊？竟然想將之合理化來說服自己。醒一醒啊！的確，木鳥長得很可愛，但只要想到過了十年、二十年後，她就會變身成像她媽媽一樣，就會覺得是一場虛幻的美夢。

「神先生？」

「不知道人類為什麼會變老喔？」

我感嘆著世間的無常。木鳥脫下帽子後，儘管歪著頭，還是很努力地依自己的看法做出回答：

「我想要快點再長大一些，然後去打工。」

木鳥的回答似乎有些文不對題。不過，我瞇起眼睛想：「嗯～她真的年紀還小。」

「到了那時候，我是不是就能理解你說的『很複雜』是什麼意思呢？」

「好了！」我再次敷衍木鳥。我沒辦法說出真心話，無法告訴木鳥說：「妳絕對不會理解的。」

「我比較希望可以永遠是個大學生。」

因為以後絕對不會再有能如此自由揮霍時間的日子。

喝下麥茶後，冒個不停的汗水總算停止，於是我離開房間去收拾雜草。把雜草塞進垃圾袋裡，綁緊袋口後，往後甩到肩上。陽光斜斜照在雲朵上，雲朵逐漸泛黃，失去原有的潔白色彩。剛才拔草意外花了相當長的一段時間，所以現在開始做準備，時間正好。都這麼晚了，我才發現還沒吃午餐。

我回頭看了看。兩個人烤肉感覺有點冷清。既然都流了滿身大汗拔了草，與其拘謹嚴肅地烤肉，不如再多找一些人，熱熱鬧鬧地辦一場烤肉派對。

做好決定後，兩隻腳很自然地往公寓二樓走去。

「所以，妳負責生火。」

「啊？」

比內一副非常困擾的表情出來應門，現在表情變得更加扭曲。比內只把門打開一道小縫，從門縫裡伸出手探著頭，那模樣很像被封印的妖怪露出臉來。她不論做什麼事都像極了怪物的舉動，這點真的不能改善嗎？跟在我後頭的木鳥也顯得有些畏縮。

「妳應該很擅長生火吧？」

畢竟比內還曾試圖對別人的房間縱火，而且，也經常看到她的熱情如一團烈火般火紅燃燒。我主要是在說這女人的詩篇。

「小男孩，不可以開大人玩笑喔。」

比內從門縫裡伸出腳甩來甩去的，試圖要趕我走。她那不正經的舉動讓人看了忍不住想說：「妳才在跟人開玩笑吧！」比內的腳像是在強調「外面很熱」似地，很快縮回門後。

「我才不要哩！天氣這麼悶熱。」

比內迅速把門關上。怪了，我還以為她會挺有意願參加這類活動呢。

「招攬行動失敗。」

「真的……對了，等我媽媽回來，要不要邀她一起烤肉？」

「嗯……抱歉，插個話，請問妳們家是誰負責煮飯？」

「我媽媽。」

「務必邀請妳媽媽！」

光靠我自己的力量，恐怕連醃肉都無法完成，還很有可能只用香鬆（烤肉口味）來調味。

其他房間的住戶我不怎麼熟，所以沒去敲門便回到一樓。至於西園，我當然不會邀他。我敢打賭那傢伙不需要邀請，也會不請自來。

把塞進冰箱裡的蔬菜和鮮肉拿出來後，我決定和木鳥分工合作。

「妳可以幫我切蔬菜和肉嗎？妳會吧？」

「切東西還勉強可以。」

木鳥鼓起幹勁地接過蔬菜和鮮肉後，瞥了我房裡的流理台和品質粗劣的菜刀一眼說：「我回自己的房間去切。」嗯，正確的決定。

木鳥回去後，我開始準備生火。紙箱裡有滅火罐和含蓋的烤肉爐。翻了翻箱底後，還找到凝膠狀的點火劑。意思是要用這個凝膠讓木炭著火囉？我沒這樣生火過，所以有些不安，但這種事總有辦法解決的。就好像一路來我去上課都是三天打魚、兩天曬網，就算去了也是抱著鬱悶的心情在聽課，但截至目前為止，也沒有被當過。

我捧著器具回到院子裡，忙著組裝烤肉爐時，比內從二樓走下來。她的穿著跟在房裡時一樣，只是手上多了綠色陽傘。我以為她只是路過，結果看見她一副跩得二五八萬的樣子停下腳步。

「你怎麼笨手笨腳的！」

「要妳管！妳來幹嘛！」

「我來罵你笨手笨腳。」

比內一邊莫名其妙地說：「說穿了，就是來監督你的。」一邊撐起陽傘。妳根本就只是因為太閒了，才會跑來看。我本來打算繼續組裝，但比內的視線又讓人覺得在意。

「既然妳都站在旁邊看了，就幫我吧！」

「我不想弄髒手。不過，我要吃肉。」

比內厚臉皮地這麼說，連眉毛也沒動一下。我停下動作，朝揮著手催促我動作快點的笨女人走近後，指著她的鼻頭說：

「妳以為這麼任性的要求會被接受嗎？」

「會。」

比內用力點了點頭。我難以置信地說不出話來時，比內像在叮嚀似地又說了一遍：「會～」看著比內這樣的態度，我忽然覺得反駁她一點意義也沒有，於是縮回了手。不過在那之後，比內一副贏得勝利的得意模樣揚起嘴角，我不禁有股想要一把揪住她胸口的衝動。不過，因為她是女的，所以我忍了下來。

「對了，你沒事突然這麼做，難道是想搭一個垃圾焚化場不成？」

比內轉動陽傘，臉上浮現冷笑地說道。我望著光線和影子在陽傘表面快速滾動，抓起木炭給比內看。

「木鳥……那女生說是要回禮，送來給我的。與其放到最後變得布滿灰塵，不如當天用掉比較好吧。可是，我又懶得出遠門，最後就決定在這裡烤肉。」

「惰性太重。你這麼懶惰，小心以後得到相等的痛苦回報。」

一個不會幫忙，只等著吃晚餐的人還好意思這麼說！算了，懶得理她。

雖然只是簡單的說明，但裝著木炭的袋子裡附了一張如何用木炭生火的說明書，真是幫了大忙。我讀著說明書時，比內走近我身邊。我之所以會發現，是因為陽傘的顏色映入眼簾。妳又想幹嘛？我皺起眉頭準備迎戰時，看見比內那雙左右不對稱的眼睛直直注視著我。

「你……呃……我記得你是叫『太助』，對吧？」

「喜助。不要故意叫錯。」

「你背部挺有肌肉的嘛。」

比內忽然摸起我的背部。她的動作讓我不由得伸直背脊，還打起寒顫。摸了之後，比內立刻發現襯衫被汗水浸濕，迅速縮回手說：「好髒！」喂！妳的個性會不會太老實了點！

「你是參加運動社團練出來的啊？」

「不是，有一段時間我自己瘋狂鍛鍊的。」

「是喔。」

比內沒有多說什麼，表現十分乾脆。我已經做好心理準備，等著她發表「瘋子才那樣做」之類的激烈感想，現在不禁有種掃興的感覺。比內就這麼在光禿禿的地面上走來走去，看著她，我忍不住想問一個問題。雖然我和木鳥都在放暑假，但照理說，今天應該是平日。意思就是——

「妳都不用去上班嗎？」

我刻意帶著挖苦的意味問道。然而，比內一副事不關己的表情轉動著陽傘，忽視我的問題。

聽到這句話都不會感到內心動搖，可見比內應該很習慣不工作。沒見過這麼墮落的大人。

「…………………………」

說實話，好羨慕啊！

沒錯，這種事或許必須由號召者來判斷，但我根本沒有號召啊。明明如此，公寓的所有住戶卻在不知不覺中聚集到院子裡。大家甚至自備了椅子，圍繞著爐火而坐。我明明只約了木鳥的媽媽，西園卻也在場，還有名叫柳生的髮廊男，跟住在他隔壁的米粉頭男，就連房東都跑來湊熱鬧。

填滿木炭縫隙的炭火閃閃發亮，光是看著那橘色的光芒，就讓人感覺心情放鬆。在宛如窺見森林深處的灰暗木炭堆裡，炭火就像永不熄滅的明亮光芒，感覺連眼前的世界都變得明亮。

雖然夕陽已漸漸西沉，但夏天的傍晚宛如風停止吹動地凝滯不動。只要揮揮手臂，停留的空氣會立刻裹住肌膚。在紫色天空的遙遠那一端，晚霞彷彿剛塗上油漆似地染上淡淡的色彩。近似鄉愁的情緒撼動著我的心，視線和心靈像長了翅膀般飛向遠方。

老實說，光是事前準備已讓我筋疲力盡，甚至想就這麼一覺睡到明天。

「肉烤好了沒？」

「妳也吃些蔬菜吧。」

聽到比內的催促後，我把洋蔥放進她的盤子裡。瞥了盤子正中央的洋蔥一眼後，比內再次遞出盤子說：

「我是在問你肉烤好了嗎？」

「好啦好啦！大小姐，請享用。」

我把肉也放進盤子裡。包括我在內，共有八個人參加，組合包的肉根本不夠吃，所以還去多買了肉——用我的錢。我也很想問為什麼是我出錢，但當下的局面和氣氛都很自然地導向這般事態發展。

包括木鳥那件事，最近實在花太多錢了，我又沒有雄厚的存款。

我還在考慮要利用暑假的空檔去打工呢。

「犒賞你一下吧，來！啊～」

比內把最先放進她盤子裡的洋蔥塞到我嘴邊。雖然覺得可惡，但因為我一直負責烤肉，什麼也沒吃到，所以默默地咬下洋蔥。洋蔥沒有抹醬，只是烤熟而已，獨特的嗆味和蔥臭味在嘴裡蔓延開來。老實說，我沒那麼愛吃洋蔥。

不過，因為一直沒有吃東西，就連固體滑過喉嚨的感覺也變得新鮮。

開始烤肉後，我一直反覆烤著肉類和蔬菜。就算很想找人來換手，也沒人理我。西園只會說「不關我事～」然後逃遠，比內更是一副置身事外的模樣不理會我。木鳥應該會願意幫我，但我看她時而顯得面有難色，就覺得還是讓她自由度過好了。

這麼一來，就只剩下我而已。我抱著自暴自棄又自我陶醉的心情，把夾子當成響板一樣打著拍子時，一道身影逼近眼前。誰啊？抬頭一看後，發現帥哥出現在眼前。

「要不要換我來烤？」

人稱髮廊男的柳生展現親切的態度。柳生，這名字只會讓人聯想到劍俠。不過，如果要比誰的名字比較有古味，我也不輸人。是說，根本沒有人要比這東西就是了。我接受柳生的好意，讓開位置把夾子交給他。柳生拿著夾子敲了兩聲後，抬頭看著我說：

「喂……你……抱歉，你幾歲了？」

柳生問了我的年齡。如果不知道年紀，可能很難決定要用什麼態度應對吧。之前沒什麼機會聽到柳生的聲音，我發現他的聲音比我低沉許多，給人一種低空掠過的印象。

「二十歲。」

「比我小啊。我猜也是。」

或許是覺得對方年紀小會比較容易交談，柳生的表情夾雜著安心的情緒。他一副不知道要做什麼的模樣用夾子又敲了兩聲，稍微停頓過後，開口詢問：

「你好像很常倒垃圾喔？」

柳生像是試圖觀察出什麼似地瞇起眼睛，我的心臟隨之猛力跳動一下。我努力不讓聲音也跟著顫抖，但發現挺困難的。

「怎麼了嗎？」

「沒有……我只是在想你會不會是很積極地在創作或什麼的。」

柳生說的理由像極了謊話，明顯是想要探聽些什麼。我看起來像是那麼有活動力的人嗎？

「沒有耶，我沒在創作。」

「這樣啊。」

柳生失去興趣地別開視線，轉頭看向熱得冒煙的烤肉爐。這回換成我感興趣地注視著柳生的臉，但他明顯表現出不想理我的態度，我只好死心地離開。反正一直盯著男生的臉看也沒什麼樂趣可言，所以這樣也好。

和柳生拉開距離後，我搔了搔頭。

柳生看起來像在懷疑什麼。話雖這麼說，但他應該很難聯想到垃圾桶裡的垃圾會移動。目前為止，這棟公寓的住戶當中，只有比內知道神的垃圾桶的祕密，除非她把祕密說出去。不過，以比內那女人的個性來說，不可能會把跟自己的詩篇扯上關係的事說給他人聽。其實，我並不在乎公開祕密的。

柳生動不動就剪女生的頭髮，他自己才是疑團重重。或許他有個立志當美髮師的明確理由，但實質上是我在清理垃圾耶。他應該付給我助手費的。

我一邊東想西想，一邊尋找有沒有空出來的椅子。繞來繞去，最後發現西園旁邊有個空位。雖然很不願意坐在已經喝得半醉的傢伙旁邊，但我不敵疲勞感，很自然地彎下膝蓋在西園旁邊坐下來。「啊！」西園一臉蠢樣地張大了嘴巴。

「滾！」

「你幹嘛啊！」

西園用肩膀不停頂著我的肩膀。一個喝醉酒的人，很難預料他會做出什麼事。應付西園就夠了，沒想到另一邊的肩膀也感覺到重量。我回頭一看，發現比內使出全身力氣壓著我的肩膀。比內像是要推開大石塊，卯足勁地頂著我。

「妳沒事跟著起什麼鬨！」

「我在想你會不會被壓扁。」

「這算什麼回答！」

我和比內妳一句、我一句地爭吵時，西園從我身上挪開肩膀。比內也發出一陣狂笑，跟著挪開身子。她往後退一步坐在後方的椅子上，默默吃起烤肉。

那畫面宛如一幅畫，同時也感覺到比內在四周築起高牆。

先不管比內的事。除了我之外，還有一個傢伙的視線釘在比內身上。那傢伙的痴呆程度強過我好幾倍，一副看得入迷的模樣。別說是視線了，感覺已經靈魂出竅地追著比內的身影跑。

那傢伙就是西園。他那表情之陶醉，就像醉意和情感攪拌在一起形成了漩渦。

看見西園如此明顯的反應，我察覺到一件事。絕對錯不了。呵呵，被我逮到了。

「西園，怎樣？你愛上那女人啦？」

這麼好玩的事情，你怎麼都沒提呢？西園回過頭，瞪大眼睛把臉往我湊近。男生把臉湊過來只會讓人覺得噁心而已，於是我試圖推開西園的臉。

我的手指陷入西園的肌膚，就這麼對著臉部走樣的西園說：

「你太沒有眼光了吧？那女人的外表是不錯，但內在很恐怖的。」

西園，她跟你是相同水準啊！在得知比內的水準足以跟我打架的時間點，我就發現這點了！

「你在說什麼蠢話！」西園憤慨地說道。「她是……嗯……是……」西園試圖反駁，但找不到話語反駁。取而代之地，他揪住我的胸口。這個取代動作會不會太激進？

「你還好意思說別人，你什麼時候變得跟她那麼要好？以前就這樣了嗎？」

「誰跟她要好啊！」

「對我來說，你們算是要好。好了，回答我吧，快說！」

西園一邊頂了頂我的側腰，一邊把臉湊近。雖然他像在開玩笑，但眼裡充血，明顯看得出不是因為有三分醉意才這樣。西園之所以會氣我坐在他隔壁的空位，說不定就是在期待比內會坐下來。抱歉啊，破壞了你的好事。我是說椅子。

「你怎麼跟她混熟的？快老實說！」

「我哪知道！你可以約她去看電影啊。對了，最近不是有一部電影，叫什麼來著？」

那部電影是將小說改編成電影，據說是一個跟我念同一所大學、現任大學生的作家的出道作品。我想要說出電影名稱，卻一時想不起來，豎起手指在空中繞來繞去。大學裡的書店也在賣那本書，我曾經讀過，但文章內容顯得長篇大論，讀起來很累人。

「叫什麼？」

「沒事。」

「有事吧～～～」

西園激動地抓著我搖晃。我順著西園的動作任憑脖子搖來晃去，但搖著搖著，忽然覺得脖子快斷了，害我有些害怕起來。就這樣玩耍打鬧時，聽到有人呼喚我的名字，我轉動視線看去。

木鳥和她媽媽朝這邊走來。說到這次的烤肉派對，木鳥媽媽真是幫了很大的忙。弄到最後，連生火也是木鳥媽媽幫忙的。木鳥媽媽生火時的動作相當熟練，看得我又是佩服又是訝異。

「啊！內褲女孩來了！耶～耶……咳！」

西園像個小學生一樣歡呼木鳥的到來，但歡呼到一半被打斷了。木鳥媽媽逮住了西園。木鳥媽媽的強壯手臂緊緊扣住西園的脖子，西園無法呼吸地發出「嗚～」的聲音。

「我女兒怎麼了嗎？」木鳥媽媽面帶笑容問道，木鳥則是一副慌張失措的模樣。看得出來木鳥十分掙扎，她既想解救西園，又擔心西園會把事情說出來，顯得相當狼狽。

這時，房東發出噓聲。房東應該是不希望場面太吵鬧，害自己的評價一落千丈吧。

「快想點辦法啊！」房東指使我說道。為什麼是我？我用眼神這麼詢問，但房東沒理我。在嘮叨的中年婦人強勢催促下，我不得已站起身子。可是，要我想辦法也有困難啊，小蝦米怎麼可能打得贏大鯨魚呢？站在木鳥媽媽的面前，我的肌肉根本只是一種裝飾品。我走近後，木鳥媽媽的犀利目光移向我。「她的臉這麼大，眼睛倒是挺可愛的。」我腦中瞬間閃過這樣的想法。不過，木鳥媽媽的眼睛和木鳥的一雙大眼睛是屬於不同類型的可愛。

「我也有話要跟你說，等一下再說。」

一陣寒意從我的背上爬過。真的只是有話要說而已嗎？不會是要單方面施暴吧？

「有話好說嘛！」我害怕地打著寒顫時，帶著女生來參加的米粉頭男出聲當起調解人。散發出濃濃花香的米粉頭男一碰到木鳥媽媽，瞬間像西園一樣被扣住頭。木鳥媽媽如旋風般的敏捷動作讓人看得目瞪口呆，但看見臉部被擠壓得像枯掉的菜瓜般又細又長、變成一對雙胞胎的米粉頭男和西園，讓人忍不住大笑起來。應是米粉頭男的女朋友的女生，也完全沒打算出手解救的樣子，自顧自地捧腹大笑。那女生大笑著，嘴巴卻冷靜、虛偽地喊著「加油～」，讓人看了更覺得好笑。

場面變得越來越吵鬧，彷彿炭火延燒到這裡來。

望著吵鬧的場面，腦中忽然閃過一個念頭。我趁著沒有人注意到時，偷偷溜走。壓低身子拉開一段距離後，我發現有張椅子孤零零地放在遠處，便走上前坐了下來。

「反正我也不知道這是誰的座位。」我找藉口似地嘀咕著，邊坐著休息邊望著西園他們。木鳥媽媽還繼續甩著西園，乾脆把他甩到變成一坨奶油好了。

「……………………」

或許是很多人都喝了酒，吵鬧的聲音相當大。

自己也被捲入其中時會覺得太熱鬧，感覺很累人，但稍微拉開距離後，就覺得氣氛開朗。

現在的感覺像是看著發出光芒的炭火。有別於夏天那種彷彿硬逼人接受似的熱氣，現在讓人感覺溫暖，加上身體的疲憊，不禁陷入一種像在打盹兒的狀態。我發愣地望著大家時，比內也離開吵鬧的場面，來到我身邊。

「有何貴事？」

「那是我的位置。」

「是喔～」

我知道是比內的座位才坐下來，所以不覺得驚訝，也不太想讓位。比內這次也沒有要推開我的意思。

「你幹嘛一臉發呆的樣子？也對啦，你平常就是一臉邋遢樣嘛。」

總是一副感到無趣的模樣扭曲著嘴唇的女人，這回批評起別人的臉。

不過，我們彼此的表情似乎都比平常柔和了一些。

「我剛剛在想，真希望這種氣氛可以一直持續下去。通常都是在跟人接觸的時候，才會有這樣的感受喔。」

有些時候獨處會比較輕鬆，也會覺得那樣比較自由。

不過，如果想要沉浸在溫暖的氣氛之中，就必須有他人存在。至少對我來說是如此。說來說去，人們終究還是喜歡人類的體溫。這或許就是人們選擇群體生活的原因。

或許是不喜歡這樣的氣氛，比內臉上流露出沉重的神色。

「說出這種話的時候，通常都會發生事件導致現況無法持續下去。」

比內說出討人厭的話語。她似乎是那種不多說一句就不暢快的個性。

「我不是過著那樣冷硬派的生活，應該不會有事的。」

頂多只有偶爾會被人鎖喉，還有房間會陷入縱火未遂的危機而已。

……回顧起來，似乎挺冷硬派的。一切都跟這女人有關。

「如果是那樣就好了。」

比內發出「呵呵呵」的笑聲，表現出讓人在意不已的態度後，便離開了。可能是吃飽了吧，她趁著其他人沒注意到時偷偷跑回自己的房間。我一直注視著她的房間，但遲遲沒看見燈光亮起。比內在昏暗的房裡想著什麼呢？我想破頭也猜不出答案。

姑且不論比內，連其他人有沒有吃飽我也不清楚。

我站起身，伸長脖子看向公寓屋頂的另一端。在一片黑暗的山谷和墳場的另一端，出現閃閃發亮的光點。光點在視野範圍裡移動著，表示那不是星辰，而是飛機。

現在先看見了光芒，不久後就會聽見劃過天空的聲音。

在聲音傳來之前，我閉上眼睛。

不久後，人們開心交談的聲音、木炭發出的劈里啪啦聲響，以及劃破雲層和天空的聲音重疊在一起。

我感受到自己正身處人群之中。

光是如此，就足以讓我的心臟激動不已地跳動起來。

在那之後，經過了兩個星期。

到最後，我沒有回老家，在夏天和藍空的陪伴下度過一天又一天。

夏天還沒有結束，不論外出或是關在家裡都一樣悶熱。如果到街上去，會聽到吵死人的蟬叫聲，還會遇到要去游泳池的吵鬧小朋友，所以待在家裡至少會比較安靜。熱氣籠罩下，我躺在房間裡。我一直躺著也不嫌膩，就是堅持不肯變得有活動力，整個人懶洋洋地癱在地板上。

不論如何掙扎，我還是沒有挺起身子，而是躺著大喊：

「持續下去！」

他對她、她對她、他也對她，她與他……

第三章

垃圾宅邸……不對，這裡稱不上宅邸，沒有那麼豪華。這麼一來，只好縮小規模，以「垃圾間」為正式名稱。環視著自己居住的環境時，汗珠依舊不斷湧出。

八月下旬，夏天還沒有結束。現在仍是夏天，所以當然很熱。天氣熱的時候，當然也會希望盡可能保持屋內涼爽。因此，電風扇是開著的。只不過，風吹不到我這邊來。

有個女人擋在電風扇的正前方，髮絲看似涼爽地隨風搖曳。

如果想追求涼快感，房間裡當然是有越多空間越好。

不過，在公寓的住戶們大舉入侵到別人房間來的狀況下，根本不用談什麼空間不空間的。

「…………………………」

除了房東和木鳥媽媽之外，所有住戶都聚集到狹窄的房間裡。以這棟公寓的房間容量來說，無法在房裡擠了六個人的狀況下仍保有舒適感。別說是六個人，平常一個人時，也有很多不便之處。

此刻的人口密度讓人就快頭暈目眩起來，恨不得季節可以變換成冬天。

耳邊彷彿傳來熱鍋煮得沸騰的聲音。

大量的汗水從額頭、背部冒出，順著肌膚滑落。

房間裡的窗戶緊閉。

不知道為什麼，除了我和比內之外，大家都正襟危坐。

此刻的畫面簡直像是來到了地獄。

怎麼會變成這樣呢？我一邊晃動朦朧不清的腦袋，一邊回想。

我拚命回想也沒發現任何疑點，今天早上只是去倒了垃圾而已啊。

這麼一來，事情的開端似乎只能回溯到三天前。

雖然熱度不減，但陽光的顏色好像有些許改變。大白天裡發呆望著窗外時，我毫無根據地這麼想。太陽的威力減弱，正午的陽光變得柔和，為街景披上一層黃色的彩衣。

蟬鳴聲也變得安靜了一些，傳達出夏大已慢慢接近尾聲。

比起夏季的這般變化，我的飢餓感更加明顯。因為從起床到現在什麼也沒吃，所以餓到肚子痛，口也很渴。或許是多心，感覺連襯衫的衣角也無力地垂著。

「……該吃飯了。」

我蹲著轉過頭看向冰箱。冰箱不是神，也不是女神，不會幫我從別人的房間裡搜刮食物過來。好想有一個神的冰箱啊！要不要也在冰箱上面寫上神呢？我半蹲著在房間裡徘徊，猶豫著要不要寫字。浪費了幾分鐘的人生後，決定走出房間。我已經受夠像在吞胃散一樣吃香鬆的日子，偶爾出門去吃個蕎麥麵吧。

抱著準備吃蕎麥麵的心情走出屋外，正巧遇到比內拎著購物袋回來。哇！比內看到我之後，明顯露出厭惡的表情。她瞇起左右不對稱的雙眼，兩隻眼睛都朝我發出犀利的目光。

比內的眼裡看不到一絲友善，宛如一隻不知如何親近人類的野生動物。

「嗨！小桃！」

讓我來告訴妳何謂友好的態度吧！我開朗地向比內打招呼。如果露出親切的笑容，很可能會被比內勒住脖子。我抱著期待……更正，我抱著擔憂的心情露出笑容後，比內意外地也面帶微笑。不過，她的眼神不帶一絲笑意。她就這麼朝向這方大步走來，直直走到我的面前後，行了一個禮。

「戀童癖好～」

比內一邊上樓，一邊投來難以聽而不聞的話語。我嫌麻煩地抬起頭，抓住她的肩膀說：「給我站住！」比內的肩膀纖細得感覺弱不禁風，手指輕易地陷入骨頭和肉。

這樣的形容或許怪了些，但比內非常適合抓來當人質。因為可以威脅她說：「小心我捏碎妳！

「可以不要用充滿汗臭味的手摸我嗎？」

比內瞇著眼睛，手臂舉高到肩膀的高度。向前伸直的手指瞄準了我的喉嚨。比內不是撥開我的手，而是打算刺我的喉嚨，完全流露出她的本質。

「我又沒有流汗。」

「天氣這麼悶熱，你的手黏黏的。」

「那純粹是我上完廁所沒有洗手的緣故。」雖然我是在扯謊，但比內從階梯一躍而下。看見比內打算順勢用膝蓋撞我的肚子，我急忙往後仰以閃躲攻擊。此時比內已是一頭亂髮，再加上她咬緊牙根，完全變身成惡鬼的模樣。比內藏在髮隙之間的雙眼，發出情緒激昂而閃閃發亮的目光。她手上拿著購物袋直接朝我揮來，我閃躲再閃躲，往後退到就快站到馬路上。「等一下！結束！結束！」再怎樣也不能站到馬路上去，退無可退的我主動喊停，但比內當然不可能聽得進去。

啪！上手臂吃了重重的一擊。肉在皮膚和骨頭之間緩緩晃動，儘管隔了一層襯衫，強烈的一擊還是震盪到手臂的深處。這女人的腦袋從沒有手下留情的念頭。

熱血、不屈服、鋼牆鐵壁、毅力、正面攻擊、暴怒，比內的腦袋裡大概只裝著這些東西吧。

正午的陽光直射而下，讓人連反擊的意願也乾枯了，我們兩人無精打采地一起回到房門前。

又是一場毫無建設性的互動。每次和這女人扯上關係，只會帶來散不去的哀愁。

「我是在跟妳開玩笑的。」

「我也是在開玩笑。」

開玩笑才不會傷害他人的身體。或許是剛才太激動了，我仔細一看，發現比內的肌膚像剛泡過澡似地泛紅。泛紅的肌膚表面浮著液體，那液體跟我的沒什麼兩樣。我指出事實說：

「妳自己不也是滿身大汗？」

「這才不是呢。」

「不然是什麼？」

「我只是把融化的冰淇淋貼在臉上而已。」

比內泰然自若地說出天大的謊言。對於我指出的事實，她打死不承認。

沒見過這麼愛鬧彆扭的人！我這麼暗自咒罵時，比內從購物袋裡拿出冰淇淋。那是紅豆冰棒。比內一副炫耀的模樣拿著冰棒從我的面前揮過，我伸出手試圖搶下冰棒，但比內早有準備地閃過攻擊。冰棒在空中勾勒出海鷗飛翔般的曲線後，回到比內身邊。

比內露出奸笑，一副得意洋洋的模樣拆開冰棒的包裝。可能是剛才甩來甩去的關係，從包裝裡現身的冰棒前半段折斷了。比內注視著冰棒好一會兒後，露出凶狠的目光瞪著我。喂！別把責任推給別人！比內當場吃起剩下的冰棒，她肯定是故意吃給我看的。誰羨慕妳了！我很想虛張聲勢地這麼說，無奈胃部宛如被勒緊似地不停蠕動。現在不是悶熱的天氣讓人受不了，而是空腹難耐。

「怎麼覺得妳老是在吃冰？」

「我愛吃冰啊。」

比內這麼回答時，表情瞬間變得柔和。不過，她叼著冰棒注視右手的掌心時，像是眼睛很痠似地瞇起眼睛。

「妳是不是剛剛打人打得手在痛？」

這句話應該就像睡覺時會磨牙一樣，可以讓人無條件接受吧。

「妳還真厲害，到現在還沒被人揍過。」

如果換成男生，在這當下就不得不咬緊牙根了。可惡，臭女人！可惡！不過，畢竟是女人。

女人的臉是最大財產，我沒有無法無天到膽敢在未經許可之下，出手破壞財產。

喀嚓喀嚓，咬著冰棒的清脆聲音傳來。

對了！

「誰是戀童癖了？」

「有嗎？你聽錯了吧！」

比內看似涼快地（肯定涼快）吃著冰，裝傻說道。

「那是因為你內心感到慚愧，才會聽成那樣。」

「純粹是因為妳的思想太齷齪吧。」

咻！地獄刺喉攻擊襲來。我把身體往後仰以閃躲攻擊，但比內的手還是從喉結的表面劃過。

比內的瞄準功力好得令人痛恨，真想問她一句：「萬一我沒有閃躲成功，看妳要怎麼辦！」不過，她八成會丟下一句：「沒怎麼辦，就看你痛到在地上打滾而已。」比內就是這樣的女人。

「不過，你買了那個女國中生是事實吧？」

「不是事實。」

不然妳拿出收據來證明啊！混帳！快拿出來啊！我擺出要狠的態度，但比內完全不理我。

比內順著自己的胸口往下撫摸，並刻意朝我呼出一口氣。

帶著些許涼意的氣息輕輕拂過我的鼻頭。

「幸好我的胸部不是那麼小。如果很小，可能會被你設為目標。」

「少在那邊打腫臉充胖子。」

我把臉湊近，毫不客氣地凝視起比內的胸部。妳的胸部根本沒有大到值得驕傲的程度嘛。下一秒鐘，一股殺氣朝額頭襲來，我動作誇張地往後退之後，原本臉部停留的位置傳來響亮的巴掌聲。原來是比內張開雙手，並用力地擊掌。

太可怕了，她打算把人家的臉拍成肉包子嗎！

「妳是不是會錯意了？妳以為自己可以對我做任何事情嗎？」

「不可以嗎？」

比內挑選的字眼和態度每次都精準地刺激著我。

她是因為閱歷豐富，才那麼擅於刺激他人的神經嗎？

這傢伙到底是何方神聖？說起來我對這女人幾乎一無所知。

頂多只知道她寫詩的時候喜歡加上怪異的小字標註。

「話說回來，妳為什麼要住在這種破公寓？」

房東要是聽見了，可能會用針刺我吧。聽到我不小心說出口無遮攔的話語，比內露出訝異的表情。

比內皺著眉頭瞪我，表情與其說是訝異，不如用凶狠來形容會更貼切。

「妳好像很有錢的樣子嘛。」

只是我不知道她是本身有錢，還是有贊助者。因為好玩就掏錢搭新幹線的有錢人不會住在這種地方。這裡是給生活不富裕的人懶散地躺在狹窄的房間裡，無聲無息度過的地方。

沒錢的沉重壓力正是這棟公寓的本質。這女人想必沒有這方面的壓力，說穿了根本就是跑錯了地方。說是跑錯地方還算客氣，我看她根本就是有問題。

「既然是有錢人，高興住哪裡都可以吧！」

比內把剩下的紅豆冰全塞進嘴裡後，靜靜地反駁。

「難道你是要我撤離的意思嗎？」

比內朝我頂出紅豆冰的棒子。她似乎會用棒子刺我的眼睛，看得我心驚膽跳。

「沒有，我又不是房東。」

「不過，我希望你能從這個地球上消失。」

真不明白比內的「不過」是在否定什麼？同時也感到空虛，因為我明白後面這句話的意思。

說得也是，對於一個把赤裸裸的詩篇內容背誦如流的男人，應該會很想摧毀他。

比內用鼻子哼了一聲後，把吃完的冰棒收進購物袋裡，準備爬上樓梯。她總算願意離開了。爬樓爬到一半時，比內探出頭看向我，發出命令說：

「我等一下要睡午覺，不要在樓下吵鬧。」

「不用工作的姊姊真讓人羨慕啊～」

真是自由自在啊～

比內學起鬼太郎的踢遙控木屐招數，朝這邊踢來涼鞋，但只是從我的頭頂上方輕輕掠過。

涼鞋在公寓的空地上滾動。小花圖案的涼鞋呢！

比內保持抬高腳丫的姿勢，轉動腳踝做出像在招手的姿勢催促我說：

「去撿。」

「沒聽到耶～」

「麻煩你幫我撿回來。」

比內脫下另一隻涼鞋，這回擺出緊握住涼鞋的姿勢。她的冷靜目光瞄準了我的喉嚨。如果拒絕，想必涼鞋會化成一團烈火瞬間劃過我的喉嚨。

反正妳都赤腳站著了，自己去撿不就好了！我心裡這麼想，但還是害怕得乖乖去撿涼鞋。一旦和這女人有糾葛，不是一句玩笑話就能收場。反過來說，她真的很認真。

我撿起涼鞋往上丟，比內高高舉起腳打算直接用腳接住。然而，涼鞋正好撞上她的腳側面，再次滾落到階梯底下。

比內保持著和之前一樣舉高腳的姿勢，開口說：

「去撿again。」

「…………………………」

這次我沒有用丟的，而是親手把涼鞋遞給比內。比內絲毫不覺得過意不去的模樣，若無其事地穿上涼鞋，走回了房間。目送她離去後，我感到全身無力。厚臉皮根本不足以形容她。

我也就這麼回到自己的房間。摸了摸被陽光曬得發燙的頭髮後，嘆了口氣。

抬起頭一看，視線的前方一片黑暗。

「回來房間是要做什麼！」

我明明是為了吃午餐而出門，卻只是徒勞往返一場。

忽然覺得氣餒，和比內的互動讓人累得連出門都懶。

我宣告放棄地在房裡躺下，決定就這麼空腹下去。

有可能一直空腹下去嗎？

「可以的、一定可以的……」

我在胸前交叉雙手抱住肩膀，閉上眼睛這麼發揮念力。

今天早上因為垃圾太多，我不得不打掃了房間，現在地板上還殘留著垃圾的氣味。

「神先生，你在家嗎？」

傍晚時分，門外傳來客氣的敲門聲和呼喚聲。我挺起身子猶豫著要不要出聲，最後決定親自走到玄關。從聲音和態度，我知道是木鳥來訪。

我明明什麼都還沒做，木鳥仰頭看著我時就已是滿臉笑容。她是不是遇到什麼好事情了？

「晚安。」

木鳥連打招呼也很有禮貌，真希望其他的公寓住戶也可以好好向她學習，尤其是比內那女人。

「喔～有什麼事嗎？」

她不會再來跟我商量傳出去會很難聽的事情吧？

「我媽媽說想邀你一起吃晚餐。」

「好難得的邀請喔。」

對了，約莫兩星期前烤肉時，木鳥媽媽說過有話要跟我說，但最後不了了之。木鳥媽媽是因為這件事才邀我吃飯嗎？不然我也想不到其他可能性。

我個人是比較偏向一個人安靜吃飯，不過，這次不是腦袋做決定，而是餓扁了的肚子決定接受好意。而且，我也很好奇木鳥媽媽平常都吃什麼樣的料理。她那鍛鍊有成的壯碩上半身，絕對和飲食有無法切割的關係……是嗎？瞥了女兒一眼後，不禁又覺得懷疑。身為女兒的木鳥肩膀纖細，而且身材嬌小。假設木鳥是國中三年級好了，她的身高應該比平均身高還要矮。

仔細再看一次，覺得木鳥的外表與其年紀相符，甚至顯得更為稚氣。走出房間後短短的一段距離，我跟木鳥並肩而行。從我腳下拉長的影子蓋住了木鳥的全身。低頭看向木鳥時，我順便看了胸部一眼。

……和比內比起來小了點，但那又怎樣！

回想起來，這是我第一次到木鳥母女的家裡叨擾。我們的關係本來就很生疏，我還是到了這個夏天才得知木鳥的名字。沒辦法，發生過的每件事都很強烈，所以容易讓人誤以為我們的關係親密。木鳥先走進家裡，對著屋內搭腔說：

「我帶客人來了！」

「喔！歡迎！歡迎來到港口！」

木鳥媽媽夾雜著難以理解的玩笑話，歡迎我的到訪。她身上套著格子花紋的圍裙，但因為綁得太緊了，活脫脫像個專賣酒的店家店員。在木鳥媽媽的帶領下，我在桌前坐了下來。

理所當然地，木鳥家的隔局和我的房間一樣。只有一間房間的套房角落裡，堆著兩組棉被。房裡還擺了電視、小書架，以及應該是給木鳥用的書桌，所以看起來比我的房間狹窄許多。兩個人待在這間房裡，肯定無法恣意地在地板上滾來滾去。不過，這樣的家具擺設、沒有蒙上厚厚一層灰的窗簾，或是窗邊的迷你仙人掌，這些小地方反而醞釀出充滿生活感的氣味，和我的房間大不同。

這間房間給人一種真的有人在這裡生活的感覺。自從前女友搬離後，我房裡的這種感覺越來越淡薄，頂多只有精力充沛地吐出垃圾的垃圾桶顯得生龍活虎。

「要多吃點喔！」

木鳥媽媽站在流理台對著我搭腔，引人垂涎三尺的香味隨之飄來。木鳥媽媽拿著平底鍋不知道在炒什麼料理。我伸長脖子看著木鳥媽媽，越看越覺得她是個可靠的媽媽。一個女人……不用懷疑，一個女人家要獨力扶養孩子長大，確實必須像木鳥媽媽那樣強悍才做得到吧。

「要不要我幫忙？」

木鳥跟母親說話的聲音和平常不一樣，語調顯得輕快。

「不然妳幫我把湯匙什麼的拿過去。」

「好。」

木鳥走到流理台，動作俐落地端來餐具。「因為沒有碗，所以用這個代替。」木鳥這麼說，只在我面前另外擺了盤子。不早說，我可以自備飯碗來的。

「啊！這個也幫我拿過去。」

「現在才說，不然人家可以一次拿過來的。」

木鳥正準備坐下來，現在又必須再跑一趟。她嘴裡發著牢騷，但還是照著媽媽的指示動作。我用眼神追著木鳥的背影和動作，直到她完成任務坐下來，仍繼續盯著看。

「嗯～」

木鳥發現我的視線，一雙大眼睛看向我說：

「怎麼了？」

「我第一次看到妳不會客客氣氣的樣子。」

現在我才發現木鳥平常總是一副正經的模樣，感覺上有些逞強。

我也自我滿足地以為在木鳥的眼中，會覺得我比她成熟許多。

聽到我指出事實後，「呃～」木鳥輕輕低喃一聲，抓了抓頭髮低下頭。很明顯地，我的發言讓她難以回應。我大概能體會她感到難為情的心情。以前還住在老家時，如果有朋友來家裡玩，我也不喜歡自己和爸媽互動的樣子被人看見。可能正值青春期年紀的孩子都會這樣吧。

「妳不會想說至少要有自己的房間嗎？」

說到正值青春期的年紀，很自然地會聯想到這點，所以我這麼問木鳥。如果換成是正值青春期的我，肯定會受不了必須和媽媽一直同住在一間房裡。如果是那樣，恐怕想要叫苦一下都難。

「有時候會。」木鳥露出淡淡的苦笑說道。她的模樣道出「不可以太任性」的言外之意。我抬頭看向房裡有著明顯汙痕的矮天花板，心想：「何必問呢？答案隨處可見啊。」從天花板上挪開視線後，我環視屋內一圈，目光最後停留在房間角落的垃圾桶上。造型平凡無奇的黑色筒狀垃圾桶發出朦朧的光芒。

不知道木鳥家的垃圾桶是經由什麼連接到我的垃圾桶？不會是靠著瞬間移動這種無聊的把戲吧？

「神先生。」

想到一半時，思緒忽然被木鳥的聲音拉走。木鳥的臉上還掛著苦笑，那苦笑彷彿在對我說：「你就不能鎮靜一點嗎？」面對年幼者的無言指責，我有些難為情地回答說：

「我在想好像很少有機會到別人家吃晚餐。」

應該用什麼樣的表情發表餐後感言才好呢？該如何拿捏親切和客套的比例，才能顯得爽朗乾脆，不會給人像在挖苦的感覺？我忽然覺得自己一直在煩惱個不停。

「我也是……你上次說晚餐吃香鬆配白飯，那是在開玩笑吧？」

「要不要我請妳吃？」

「不用……」

木鳥別開了視線。看來，今晚似乎可以吃到比香鬆配白飯更豐盛的晚餐。

以前和前女友同居時，因為有對象，所以比較注重吃飯這件事。

前女友偶爾會下廚煮晚餐，不知道那時吃到的料理是不是她媽媽的味道呢？

我一邊想著這些事，一邊等待料理上桌。最後，整只平底鍋被送上桌。

探頭一看後，我不禁瞪大了眼睛。

「這什麼？」

平底鍋裡一片黃澄澄耶！我看過這種料理，但就是想不起來名字。

「Paella。」

「西班牙大鍋飯。」

「喔～」

我經常聽到這道料理的名稱，但還是第一次親眼看見。在老家不曾出現這道料理，我也沒有機會光顧西班牙料理店。以前和前女友出去吃飯時，也幾乎都是去大戶屋。現在回想起來，不禁覺得那裡的料理固然好吃，但似乎少了情調。

「這是妳故鄉的料理嗎？」

畢竟木鳥媽媽怎麼看都不像日本人……意思是說，木鳥身上也有外國的血統囉？事到如今，我才仔細觀察起木鳥。以外表來說，日本的血統似乎比較明顯。

「祕密。」

木鳥媽媽豎起食指在嘴巴前揮動，壯碩的肩膀扭來扭去。她現在是想用可愛的舉動敷衍過去嗎？頭痛啊！木鳥也一副難以置信的模樣瞥了母親一眼，接著拿起我的飯碗盛西班牙大鍋飯。真是個勤快的孩子。木鳥盛了又盛、盛了又盛，呃……

「會不會太多了？」

「我想說你應該肚子很餓。」

木鳥幫我盛了滿滿如一座山的西班牙大鍋飯，感覺隨時都可能爆發土石流。我左右掃視一遍後，發現大鍋飯的主要材料是雞肉和蔬菜。因為聽到是西班牙大鍋飯，很自然地聯想到海鮮，但事實上似乎不一定就是以海鮮為材料。西班牙大鍋飯散發出強烈的香氣，深深吸一口氣時，香味立刻撲鼻而來，並鑽進喉嚨。

「吃吧！」

快啊！木鳥媽媽催促著。催就催，沒必要揮動手臂做出像在揮鐮刀的動作啊！

「喔，那我就不客氣了！」

儘管坐在別人家的餐桌前讓人鎮靜不下來，我還是輕輕合掌，並拿起桌上的湯匙。該從哪裡下手，才能不釀成任何災情地順利送到嘴邊呢？我一邊猶豫，一邊開挖起西班牙大鍋飯山。

我從頂端撈起少量的黃色飯粒送進嘴裡。咀嚼後，吞進肚子裡。

「如何？」

「……未曾體驗過的口味。」

吃下第一口時，沒有好不好吃的明顯感覺，而是新鮮感十足。那口味有別於鮮豔色澤給人的印象，番紅花飯吃起來也不覺得味道強烈。另外，還有一股獨特的乾澀味道。

「好、好特別……」

儘管感到疑惑，我還是挖起大鍋飯往嘴裡送。雞肉的調味很樸實，所以很好吃。蔬菜部分吃起來有的像甜椒，有的像軟掉的小黃瓜，口感十分合我的喜好。這道仿小黃瓜口味的……我又忘記叫什麼名字了。

我一邊想，一邊默默繼續吃著料理。為了避免發生山崩而灑得滿桌，我小心翼翼地吃著，沒有多餘的精力注意四周的狀況。雖然察覺兩道聲音在頭上交錯，但我沒有做出反應，低著頭一口接一口吃下。料理的熱度從比臼齒更深處的牙齦劃過，胃部隨之激動地蠕動。

熱騰騰的料理無比可貴，而我之所以有機會被邀請吃飯，都是神的垃圾桶幫忙起了頭。除了垃圾之外，神的垃圾桶也送來了上等的極品。

猛地抬起頭後，我和木鳥對上視線。怪了，木鳥怎麼在笑？

「你果然是肚子餓了。」

「嗯，是啊。」

木鳥一副像是自己的廚藝受到認同似的模樣，展露天真的笑容，看得我有些難為情起來。

「原來妳不會煮東西啊？」

我一邊吃一邊詢問木鳥。木鳥拿著碗，視線在空中遊走。

「呃……我還不會……對了！我平常會打掃和洗衣服。」

木鳥的目光炯炯發亮，為自己找到退路而開心。

「是喔，了不起呢～」

我沒印象自己念國中時，曾經幫過母親什麼忙。不過，我的叛逆期也沒持續太久就是了。

「小神的房間應該挺髒的吧。」

木鳥媽媽丟來話題，她手上拿著份量不輸給我的滿滿一碗飯。算了，就當我沒看到。木鳥媽媽應該是基於男生一個人住的成見，才會這麼猜測，但其實沒那麼髒喔。

因為我每天在收拾別人的垃圾之餘，也順便打掃房間。

沒辦法啊，那些是垃圾，而垃圾基本上都是髒的。

「其實不會喔。」

「啊！我想起來了，神先生的房間很乾淨呢。」

木鳥回想著上次的事情，如此說道。其實只是因為東西少，所以不會覺得雜亂而已。我本打算這麼說，但發現木鳥媽媽的目光變得犀利。這時我才察覺到木鳥的發言不妙，不由得全身變得僵硬。

「你把我女兒帶進房間，是嗎？」

「沒有、沒有，請不要把我說得像是壞人一樣。」

傷腦筋呀～我試著搞笑，但表情越來越僵硬。我和木鳥之間有著太多不可告人的事情，萬一敗露就慘了。木鳥，妳別在那邊臉紅，冷靜一點也來幫忙解釋一下啊！妳這種表情別說是解開誤會了，只會更加深誤解而已。

「嗯～這樣啊～」

木鳥媽媽左右移動著視線，目光宛如準備伺機捕捉獵物一般。

「沒有，我真的沒碰過她，一次也沒有。咦？有嗎？還是沒有？」

記憶模糊的我為了尋求退路，轉為詢問木鳥。突然被這麼詢問，木鳥驚訝地瞠大雙眼，方寸大亂地回答：

「如果把螯蝦放在我頭上也算的話……」

那是什麼狀況！連我這個本人也錯愕得瞪大眼睛。

真不知道木鳥媽媽聽到這樣的說明後會做出什麼反應？我害怕地擺好備戰的姿勢，卻看見木鳥媽媽露出一派輕鬆的表情。

「算了。而且你好像很照顧我女兒。」

木鳥媽媽的嘴角浮現淡淡的笑意。她好像原諒我了。搞不好她剛才是在開玩笑，才會假裝在生氣。真是個摸不著底的人，她如果張大嘴巴，應該看得見獠牙吧。

「真的受到很多照顧。」

木鳥含糊地說道，聽不出是在對誰說話。我舉高飯碗點點頭說：「嗯。」

若不是照顧過木鳥，根本不可能吃得到這頓飯。

不過，對於關照木鳥這件事，真不知道木鳥是怎麼跟母親說明的？

「你吹得到電風扇的風嗎？」

房間角落裡的電風扇不停吹著，或許是察覺到自己擋在電風扇和我之間，木鳥往後仰著上半身。木鳥的髮絲原本隨風輕輕搖曳著，現在溫熱的風掠過我的肌膚。光是這樣的貼心表現，就足以帶來涼意。

「沒關係，我不怕熱。」

我騙人的，但很多時候必須耍帥。

還有，吃光眼前的西班牙大鍋飯也是愛面子的表現之一。

我不停地咀嚼，大口大口地吞下肚。

「……呼。」

我心想已經吃不下了，看見平底鍋已經見底，不由得鬆了口氣。

每次一清空飯碗，就會立刻又盛來滿滿一碗，所以我只好硬著頭皮吃完。

感覺呼出來的氣都快變成黃色的了。

「我吃飽了，謝謝招待。」

我向木鳥媽媽表達感謝之意。「哪兒裡～」木鳥媽媽以獨特的發音謙虛（？）說道，並端著平底鍋站起身子。這個動作本身很正常，但只用兩根手指拿平底鍋這件事感覺怪怪的。針對這點，木鳥一句話也沒說，可見在木鳥家已是習以為常的事了。

「好吃嗎？」

木鳥詢問我的感想。不知何時她已經端正地跪坐著，還轉過頭來。

「嗯。妳們平常都吃這樣的料理嗎？」

「沒有，今天是因為神先生要來，媽媽才大展身手一番吧？」

木鳥一邊看向流理台，一邊輕輕歪著頭。木鳥媽媽律動感十足地洗著碗。

為了不被媽媽聽見，木鳥壓低聲音對著我說：

「神先生，我有點事情想跟你說。」

「咦？」

我不禁起了戒心。木鳥每次說有事想跟我說，沒有一次是能讓我保持鎮靜的。木鳥似乎也察覺到我的心態，她低下頭補充一句：「不用擔心。」不用擔心什麼？只不過，木鳥的樣子看起來像是想找我商量事情，我也不好拒絕。

「在這裡不方便，呃……到外面說。」

木鳥瞥了母親一眼後，站起身子。意思是說，這件事情不能被母親知道。感覺會是沉重的話題，好想逃啊～不過，才吃了人家一頓飯，怎麼好意思拒絕。

「我們到外面走走喔。」

木鳥開口向母親說道。木鳥媽媽回過頭，瞥了在後方的我一眼後說：

「不可以太晚回來呦～」

「嗯，很快就回來。在我們家前面而已。」

「是喔～」

木鳥媽媽沒有停下洗碗的動作。不過，她別有涵義地又看了我一眼。

那不是在懷疑人的眼神，我讀不出木鳥媽媽的心聲，最後輕輕點點頭做出回應，並走出屋外。

木鳥先走出屋外後，在院子裡繞著圓圈走路，並發出清脆的腳步聲。上次為了烤肉才拔草不久，現在雜草又覆蓋住地面。

「外面也沒有比較涼快喔。」

木鳥感嘆地說道。昏暗的夜裡顯得寧靜安詳，但氣溫仍保持著夏天的熱度。四周仍充斥著濕黏的熱氣，每動作一下，熱氣就會往臉部撲來。

「畢竟夏天還沒結束嘛。」

我想不出可以安慰人的話語，只好直率地這麼說。如果我能像比內那樣擁有可即興寫出珍貴詩篇的才華……也只會讓自己丟臉而已。我陷入沉默，沉浸在黑夜之中好一會兒時間。

沉默不語之中，忽然有光線照亮人行道。兩輛腳踏車從公寓前方呼嘯而過。時間已經很晚了，騎車的男生還穿著制服，應該是參加完社團活動正準備回家吧。我望著腳踏車遠去，問木鳥：

「妳有參加什麼社團活動嗎？」

「有，美術社，但我沒有很認真參加。」

「是喔。」

有學美術的，也有寫詩的，這棟公寓還真多未來的藝術家呢。對了，差點忘了還有一個立志當作家的傢伙。

未來作家的房裡流瀉出昏暗的燈光，他今天可能也在寫著冗長乏味的小說吧。對了，聽說有一位真正的作家住在這附近的公寓，不知道是不是真的？

抬頭仰望天空，我心想：「夜晚還是一樣這麼暗。」不過，景色似乎一點一點地在改變。

應該是身為觀察者的我本身有所變化吧。

在迎接今年的夏天之前，我根本不曾想像會在木鳥家吃完晚餐後來院子裡散步。神的垃圾桶帶來了這樣的時光。如果要我判斷是好或壞，我必須說不算壞。

夾雜著些許灰色的肯定思緒混入夜色之中。這時，木鳥開口說：

「要不要搬過來一起住？」

木鳥沒有任何開場白就這麼說，害我有些不知所措。不過，她立刻又開口說話，只是沒有看向這方。

「去我爸爸家時，爸爸問我的。」

「……嗯。」

我想起上次木鳥回來時，確實一臉鬱悶的樣子。話說回來，為什麼木鳥的父親到了現在還主動聯絡說要見面呢？目的就是為了提這件事嗎？

這算是常有的事嗎？這方面我沒有經驗，周遭也沒有朋友有過經驗，只能說是難以體會。

「我爸爸說就經濟方面來說，這也是不錯的提議。」

「……應該吧。」

我看過木鳥父親的宅邸，所以知道狀況，這棟公寓的套房根本沒得比。如果搬過去，想必也能擁有自己的房間。就物質面來說，肯定會變得充裕。

一般人很少有機會遇到生活環境出現大變化。每天理所當然地過著理所當然的生活，不可能出現什麼變化。例外真的是少之又少。

沒錢會讓眼前的路變得狹窄。

舉個例子來說，如果木鳥繼續住在這裡，恐怕是沒機會上大學。如果搬去跟父親住，或許還有可能。如果從這樣的角度來思考，確實是不錯的提議。無庸置疑地，選擇一定會變多。

但是……

「所以，我在煩惱不知道該怎麼辦。」

木鳥的話語浮在半空中，明明沒吹起夜風，話語卻朝向我的臉撲來。

那感覺彷彿在說：「拜託發現我的存在！拜託接住我！」

「妳有沒有跟妳媽媽說？」

儘管知道木鳥不可能開得了口，我還是忍不住這麼問。「沒有。」木鳥的回答簡短，但相當沉重。

「我爸爸說希望我在九月底前給他答覆。」

木鳥的父親可能是考慮到搬過去之後，還要討論高中升學等等的事宜……咦？說到這個……

「妳現在是國二還國三？」

我到現在還不知道木鳥到底幾年級。我搬來這裡時就看到木鳥穿著制服，所以應該不會是一年級。

「國二。」

「是喔～」

也就是說，到了明年還是國中生啊……真是好險。

如果我在某個時間點做出錯誤的判斷，買了一個找不到任何藉口說不是國中生的女生，那可是真正的犯罪行為。不對，就算是高中生也不行。只不過，國中生更罪過。

我也不知道自己是抱著乾脆一路錯到底的心態，還是打算使出最後一擊讓事情有個了結。

我決定豁出去地回應木鳥的煩惱。怪了，我明明覺得木鳥找我商量這種事讓人很困擾的。

「這是我個人的意見，所以妳參考參考就好。」

我叮嚀木鳥不要把他人的想法視為絕對。等木鳥點頭回應後，我才開口說：

「我覺得妳住在這裡比較好。」

木鳥的表情沒有變化。我慢慢走著，在夜色籠罩下開口說：

「不論理由為何，拋棄對方的想法到最後一定會讓人後悔。沒必要自己特地去做會後悔的事。而且，妳如果搬走了，妳媽媽就會變成自己一個人。」

父親那邊已經另組家庭。

連小孩都有了，還必須把那孩子當成自己的弟弟看待。

不用說也知道，再婚對象的新媽媽會比較疼愛哪個小孩。

基本上，除了父親之外，其他人都是持反對意見也說不定。

為了安全起見，還是留在這裡比較好……省略以上內容後，我的回答變得體面。

「而且我不希望少了一個鄰居。」

真的嗎？凝視著夜裡的馬路時，這般疑問從路面上反彈回來。

鄰居其實是遙遠而模糊的對象，我卻覺得少了一個鄰居比原本近在身邊的女朋友搬走更教人寂寞。在蔚藍的天空下，日子一天一天地過去，我也不覺得現實有什麼好難過的。什麼是寂寞？我不由得重新思考起這個問題。

無法感到滿足的意思嗎？不對啊，木鳥讓我感到滿足嗎？滿足於什麼？

「說得也是喔。」

木鳥的含糊回應在頭上劃過。我的意見會有參考價值嗎？

想到這是別人的家務事，就覺得自己不該不知分寸地插手管事。

比起插手管事，我更應該教導木鳥一件事，而這件事恐怕只能由我來開口。

「對了，我之前就一直想跟妳說一件事……」

我把雙手搭在木鳥的肩膀上。「咦？」趁著木鳥左右移動著視線時，我開始說教：

「聽好啊，不論再怎麼需要錢，都不可以問人家要不要買妳。」

「那是因為——」我輕輕搖晃木鳥的肩膀打斷她的話，叮嚀她說：「仔細聽好。」

在我的注視之下，木鳥像消了氣的氣球似地縮起脖子，輕輕點點頭說：「是。」

「如果聽到妳說這種話，世上有多到數不清的齷齪大人會爭先恐後地吵著要買。其實妳長得挺可愛的。」

比起美女，很多傢伙更喜歡像木鳥這種還保有稚氣的小女生。當然了，我不是其中之一。我沒興趣當戀童癖。木鳥嘴巴開開的，而且滿臉通紅。真不知道她是做了什麼想像？應該是赤裸裸的想像吧。雖然我們認知的「赤裸裸」應該意思不同。

「雖然拿可愛當武器也是一種生存方式，但是……怎麼說呢，就是我上次說的那個，複雜的心情。」

我不由自主地期望木鳥能有一顆健全的心。或許我對木鳥已經有了比想像中更多的感情。

木鳥依舊滿臉通紅。怎麼覺得她最近老是臉頰泛紅，好像被燙熟的蝦子喔。我這麼想著時，木鳥的嘴唇抖了一下。她似乎想要開口說話，但又猶豫不決。

她想說什麼啊？我歪著頭感到納悶。

「呃~你說可……」

困惑和難為情的情緒在木鳥的一雙大眼睛裡掀起漣漪。

……啊！原來木鳥會臉紅是因為我說她可愛啊！怎麼搞的，難為情的情緒也傳染過來了。

「嗯。」我裝出說話稍做停頓的模樣和木鳥拉開距離後，搔了搔鼻頭。心頭一陣發癢。說到那個字眼，和前女友交往時不知道說了幾千萬遍，但到了現在，卻被深鎖在黑暗冰冷的地窖裡，就像不可燃物一樣。

另一方面，對木鳥所說的「可愛」似乎是可燃物。我的臉頰發燙，而從木鳥的臉紅程度來看，想必她的臉頰一定也很燙。現在的感覺簡直就像我也變回了國中生和木鳥面對著面。木鳥的模樣相當青澀，看得出來受到我的影響。我必須設法維持身為年長者的從容不迫。

為了裝出「我很冷靜在評價對方」的態度，我刻意又說出誇獎的話語：

「就是呢，妳將來一定會變成……美女。」

一定會的。

「怎麼覺得你好像有點口吃的感覺……」

「沒那回事……的。」

所謂的將來，範圍有多大啊？這點似乎有些爭議。木鳥媽媽的身影忽隱忽現。五年後我還敢保證，但我的視力沒有好到也看得清楚三十年後的黑暗世界。

我陷入了沉默。木鳥一直站在我旁邊，也沒有開口說話。

瞥了木鳥一眼後，我決定夾起尾巴逃跑。

「……好了，我差不多該回去，記得幫我跟媽媽大人說謝謝她的招待。」

雖然我剛剛已經道過謝，但跟人道謝並沒有限制次數。好久不曾大快朵頤地品嚐熱騰騰的料理，讓我重新體認到吃飯有多麼重要。早知道應該回老家的。

反正暑假還沒結束，再慢慢想就好了。我揮了揮手向木鳥告別。

聲音從背後傳來。

「晚安。」

「嗯，晚安～」

現在如果躺下來，應該可以一覺到天亮。不用像白天那樣，還要念咒文才睡得著。

這是一件多麼幸福的事啊！我不由得垂下眼角，也放鬆了臉頰。

「神先生，等一下。」

聽到呼喚後，我一轉身，便見木鳥像往前撲倒似地拉近距離，並猛地抓起我的手。

我還來不及低頭看，木鳥已經把臉湊近我的手，接著一股溫暖的觸感爬上手背。

木鳥將她的薄唇貼在我的手背上。

「…………」

因為動作笨拙，導致嘴唇翻開來，口水有些沾濕了我的手背。手腕的脈搏和心臟同步跳動，不停撼動著我。

木鳥的動作不是那種清純少女含住果實的溫柔感覺，而是更強而有力，彷彿在宣誓什麼似地緊緊壓在我的手背上。這是怎麼回事？我瞪大眼睛，全身僵硬。木鳥的手也在顫抖，我的食指反射性地彈了一下後，木鳥猛地往後退，拉開了距離。

我保持著右手浮在半空中的姿勢，和木鳥注視著彼此。儘管在黑夜裡，木鳥卻像個發光體似的，讓人清楚看見她泛紅的臉頰，也看見不停顫動的下嘴唇。明明是她自己主動採取行動，還這麼驚慌失措。

「剛剛那是……」

我無法判斷這句話是誰說的。耳朵像是被什麼東西塞住了一樣，聽不清楚聲音。不過，我確定下面這句話是木鳥說的。

「我、我一定會遵守五年後的約定……剛剛那是會遵守約定的約定！」

「……啊？」

什麼約定？我連之前的約定是什麼都不知道。五年後……啊！我好像說過這種話。我當初只是為了耍帥才那麼說，木鳥卻信以為真。不會吧！這回換成我忍不住要向後仰。真是個乖孩子。雖然不願意這麼說，但一切就只是因為她是個乖孩子而已。我伸出手試圖讓木鳥冷靜下來，但木鳥大吃一驚地跳開。她宛如一隻活蹦亂跳的蝦子似地不停揮動四肢，就這麼消失在房間裡。喂！妳那樣匆匆忙忙地跑回去，別人會誤以為我對妳做了什麼耶！

「我、我！」

我不要五年後！我要現在！不對！

我胡亂甩頭，陷入懊惱的情緒之中。四周掀起了不合季節的狂風，為了不被狂風吹倒，我用力站穩腳步，但只要不小心踩錯一步，就會掉落深淵。那可不行！我帶著正經的表情揮手否定。這女生太危險了，竟然能把我拉進國中生的精神世界。絕對不是我的精神年齡沒有成長，還停留在國中生階段。我抱住頭好一會兒，等待狂風平息。

儘管覺得腰痠，我還是費了很長一段時間才總算從前傾姿勢挺起上半身。

「……嗯。」

稍微冷靜下來後，我抬起頭，手摸著額頭陷入思考。就木鳥找我商量的事情內容來說，她可能是把我當成值得依賴的哥哥看待。我不想當哥哥耶。我能體會木鳥對年長者產生幻想的心情，我自己也有過相同的經驗。但是，這讓人很傷腦筋。為了回應木鳥的心情，我必須裝成熟，更糟的是我會忍不住想回應她。其實我沒有那麼成熟啊！

話說回來，我這樣簡直就像是靠著金錢買來少女的信賴。

我根本就是啊！天啊～我摀住臉哀叫起來。

看著自己漸漸變身為名副其實的援交男，我不禁感到可悲。木鳥啊！妳看見這副德性的我，怎麼還會表現出那種態度？老大不小了，還抓著螯蝦跟人打來打去，妳竟然會對這樣的傢伙產生憧憬，眼光可能有點問題喔。木鳥媽媽到底是怎麼教女兒的？不過，她確實是教出一個為人認真的女兒。至少在遵守約定這點上，木鳥比我善良。

只不過，以親吻手背的方式來表達會不會太熱情？還是應該說太重視氣氛？

「你們說完祕密了嗎？換我了。」

「喔～」

女兒離去後，母親大人緊接著出現。我不希望木鳥媽媽因為看見女兒慌張失措地回去而胡亂猜疑，所以儘管根本沒被問，還是主動否定說：「我什麼也沒做喔！」

「有吧！」

強壯的手臂像把鐮刀似地揮來，她不會是打算砍下我的腦袋吧？

木鳥媽媽保持肌肉隆起的姿態走到我身邊。話說回來，我好像沒看過她收起肌肉過。我做好可能會被扣住脖子的心理準備，但木鳥媽媽只是帶著一身肌肉開口說話。

有別於表面上給人的感覺，木鳥媽媽的聲音總是顯得沉穩。

「你帶她去找過她爸爸，對吧？」

原來是要談這件事啊，看來應該是要談正經事。我挺直背脊，並切換思緒。甩了甩因為焦躁而浮在肌膚表面的汗珠後，我在臉上浮現親切的笑容說：

「我是不是太愛管閒事？」

「很難說～」

木鳥媽媽笑著答道。夜空在頭頂上方逐漸擴散，帶著灰色色彩的回答彷彿就快融入夜空之中。

「她自己找你商量的？」

「沒有……差不多是那麼回事。」

我靜靜地別開視線，再怎麼樣也不能跟木鳥媽媽說：「我是看到垃圾桶裡的垃圾猜到的。」

「應該是因為這種事情很難直接找媽媽商量，才會來找我吧。」

畢竟在這棟公寓裡，我是最正常的一個。我敢斷言就是我沒錯。

不過，大家應該都覺得自己是最正常的一個。

「我想也是。她打電話回來說去到爸爸那裡，還要在那裡過夜，在那之前，我啥都沒發現。」

木鳥媽媽深深嘆了口氣。儘管猜想得到答案，我還是不由自主地開口詢問：

「木鳥……妳女兒沒跟妳說嗎？」

「是你擅自帶她去，她根本來不及跟我說吧！」

對喔。我來不及這麼回答，木鳥媽媽已經扣住我的脖子。唔！身體動彈不得。

「我女兒受你照顧了。」

「哪、哪裡。」

木鳥媽媽的態度不像在道謝，我的姿勢也不像在接受人家道謝。我彎著腰、屈著膝，眼冒金星。

「她爸一定問過她要不要搬過去住。」

「有、有可能吧。」

我含糊地答道。就算祕密早已洩露，這也不是我能擅自回答的事。

「事到如今才來問。」木鳥媽媽這麼低喃一句，話語顯得特別沉重。

「既然要問，當初幹嘛不問……很難不這麼抱怨喔～」

或許是知道自己的話語太沉重，木鳥媽媽努力地裝開朗。她搖晃著身體，我的頭也跟著晃動。

我的頭被用力地甩來甩去，想沉浸在嚴肅的氣氛之中都很難。

「總之，我女兒以後就拜託你啦！」

「喔……」

木鳥媽媽託付了任務給我。她不覺得我是個不值得依賴的男生嗎？

現在只不過被甩來甩去而已，我就覺得頭暈目眩耶。

不管怎樣，木鳥媽媽總算鬆開了我的脖子。我打直腰桿的下一秒鐘，木鳥媽媽的手臂從眼前劃過。

「不准傷害她。」

母親大人像在做排練似的，在空中揮舞粗壯的手臂。做什麼排練？當然是跟我的腦袋很有關係的排練。就目前的狀況看來，應該是我比較可能被傷害。

「哈哈哈……」

我笑著敷衍，說什麼也不願意點頭。

不准傷害她，這根本是無理的要求。

就似在天空掛上不會缺角的月亮。

我根本不懂該如何建立圓滿的人際關係。

「你要不要乾脆當我的女婿？」

「……啊？」

「開玩笑的啦！」

留下輕鬆的話語後，強壯的媽媽也回房間去了。依目前的動靜看來，木鳥似乎不會又接著出現。四周如空氣凝結般靜謐，我被獨留在黑夜裡。

有種浪潮退去的感覺，我一邊感受著被浪潮浸濕肌膚上的微微寒意，一邊低喃：

「……還女婿哩。」

要我這種前途不明、不過有那麼一點點肌肉的大學生當女婿，不好吧！

我打從心底慶幸木鳥媽媽是在開玩笑。木鳥她有大好前程的。

不對，照理說我也可能擁有大好的前程。有可能嗎？我瞪著眼前的一片黑。

我不覺得看得見自己的未來。不過，從前的我充滿著毫無根據的自信。

正因為看不見，才反而可以過得從容不迫。意思就是，我以前太樂觀了。

之前的想法之所以完全顛覆，最根本的原因在於和女朋友分手。

當時的我洋溢著幸福知足的感覺，至少絕對不會想到未來會與女朋友分手。所以，交往時我一直確信絕對會順利交往下去，這想法卻被徹底推翻，我們鬧得吵架分手。到了現在，我變得無法百分百相信一切事物。我受了傷而變得膽小。

傷腦筋的是，有時會誤以為這樣就是變成熟了。

「戀童癖好～」

忽然有種喉嚨哽住的感覺。我邊咳嗽邊抬頭仰望，看見比內抓著二樓的扶手，身體搖來晃去。咚！咚！比內用力踹著扶手，行徑相當擾民，最後竟然不走樓梯，直接越過扶手跳下來。

比內宛如一隻蝙蝠般伴隨著影子飛來後，站在我面前，完全看不出有腳麻的徵兆。

一個接一個的，好忙碌的夜晚啊～忽然覺得很想躺下來休息。

或許是午覺睡得太飽，明明已經是晚上，比內卻跟我相反地顯得精神十足。

真是遇到了不妙的場面。這算是遇到嗎？不懂。

「嗯。」

比內把手湊近嘴邊，表現出不知道該說什麼的猶豫態度。好想逃啊～比內一副想到好點子似的模樣，露出開朗的表情在胸前交叉起雙手。接著，她開始小幅度地左右晃動身體說：

「NO！NO！NO！我不是壞壞戀童癖。」

「……有乖乖戀童癖嗎？」

「當然沒有。」

可惡，竟然如此斷言，就是有妳這種大聲公，才會引來偏見。

……不對，我沒必要幫有那方面癖好的人說好話。

「你有什麼藉口可以解釋？」

「解釋什麼？」

「NO！NO！NO！」

妳煩不煩啊！不要在那邊左右晃動！

「沒想到妳有偷看的不良嗜好。」

「我只是抓著扶手晃來晃去的時候，恰巧撞見援交現場而已。」

「沒有這種偶然！」

「難道你認為我會故意抓著扶手玩耍嗎？」

別人或許不會，但比內很有可能。來路不明的女人配上怪異的行徑再搭不過了。

不過，很有趣的是，這女人明明來路不明，卻一下子就能摸透她的性格。愛鬧彆扭、具有攻擊性、愛吵架，可說和友善的人們完全相反。和我也老是在吵架。

不過，吵架之間時而吹來一陣讓人感到祥和的輕風，這到底是怎麼回事？

「如果真是偶然，妳撞見的機率實在高得驚人。」

比內如利箭般的犀利目光捕捉著我。每次都是如此，她總是直直地投來視線。她的視線不會顧慮到對方，也不會閃躲。或許就是因為這樣，我才會不時地感到害怕吧。

「妳不會是在追著我跑吧？傷腦筋耶，妳的愛感覺很沉重。」

我試著開了玩笑。如果是冷不防地遭到突擊，這女人或許會慌張起來。

我帶著一絲絲的期待，然而……

「對啊，我對你這個異性抱有好感。」

「……啊？」

才在高興砍了對方一刀而已，卻被對方狠狠地回砍一刀。反遭攻擊後，我不禁往後退縮。

看見我的反應後，比內滿意地揚起嘴角。

「我喜歡你、我喜歡你、我最喜歡你了！」

感覺像是騙人的。應該說，根本就是騙人的。比內的眼神毫無笑意。

不知道有沒有人看過這女人發自內心的笑容？

「但還沒有到超愛的地步。」

「所有妳說過的話當中，這句話最讓我開心。」

「說實話，對你呢，我必須說……Pass。」

比內的否定方式不能說是在裝模作樣，但就是有一種難以言喻的感覺。

「呿！我只能說運氣好。」

我是指我。

「不開玩笑了。有個女國中生喜歡你，你應該不覺得討厭吧？」

我看著比內的襯衫，發現上面印著「強硬派」的字眼。要去哪裡才買得到這種襯衫啊？該不會是自製的吧？

「也不能說是喜歡吧。」

「要不是喜歡對方，哪個女生願意親他的手？」

比內抱住身體補充一句：「如果是我，連被碰一下都不願意。」那妳怎麼有辦法毫不在乎地打我？這麼說來，是不是表示她其實不討厭我？雖然我們是在近乎最糟的狀況下認識，但說實話，我能理解比內的心情。事實上，我也並非真心討厭比內，就連我自己也感到意外。

雖然不知比內為何要像藏在地底下的樹根一樣躲起來，但和她相處的感覺並不差。

沒錯，感覺不差。

「不過，她應該不討厭我就是了。」

「你連從正面接受別人好意的度量都沒有啊，真是個沒出息的膽小鬼。」

比內在胸前交叉起雙手，用鼻子發出笑聲。

妳一個毫無關係的人，憑什麼隨便批評人！更教人生氣的是，比內的批評與事實相差不遠。至少比荒唐無稽地硬說我是戀童癖，還來得接近事實。所以，我連反駁的意願都沒有。

取而代之的，我提了一個問題：

「那年紀的女生都會對年紀大的人產生憧憬……對吧？」

「對你？」

比內表現出懷疑的態度，懷疑到身體往後仰……也對啦，我對這女人也完全無法產生憧憬。

基本上，我根本不覺得她比我大。

「你給人的印象和年長者相差甚遠。」

那是我想說的話！

「話雖如此，你也沒有讓人覺得像年幼者的可愛感覺，真是毫無可取之處。」

「嗯，沒錯。」

我決定裝出認同的態度，並早早離開。既然我毫無可取之處，我的同伴也好不到哪兒去。

繼續在這裡跟這女人交談下去，也不會有什麼好處。

「金錢的力量真是可怕啊。」

「……我覺得那樣還比較好。」

純粹是被金錢吸引比較簡單易懂，我也不會感到疑惑……也不會害怕。

我就這麼離開現場，逃回房間，比內沒有再說出挖苦的話語。比內跳下樓梯登場時的氣勢十足，落幕時卻是如此安靜，讓人覺得毛毛的。我一邊留意背後的動靜，一邊關上房門。

理所當然地，屋內一片黑暗。窗簾從白天拉開到現在，其後可看見街上的燈光，那景象彷彿星辰排列在挨近地面的高度。光線微微照亮著房間，我在宛如濕了一大片的地板上坐下來。

抬頭仰望著窗外時，似乎能暫時忘卻白天延續到現在的悶熱感。

手背上還有些濕濕的。指尖在半空中遊走，猶豫著要不要擦乾手背。

「……………………」

即便沒有勇氣從正面直視，還是掌握得到朦朧的輪廓。

如果詢問喜不喜歡我，她應該會順勢大聲說喜歡吧。

問題是，在那之後呢？

不論是回應她的心意也好，拒絕也好，都絕對會傷害她。

所以，讓人害怕不已。

在這段插曲之後過了三天。垃圾桶裡的垃圾多到滿了出來。

一大早，垃圾桶就像洪水暴漲似地不停湧出垃圾。我本來還在睡覺，差點就被堆高如山的垃圾砸到臉。坐起身後感覺到頭部沉重，睡得一身汗也讓人很不舒服。

夏天究竟什麼時候才會結束啊？到現在都還未出現夏天即將結束的徵兆。

「……不過，也沒差吧。」

根本不是我造成的垃圾，一早卻必須從倒垃圾展開一天。不論在哪個季節，想必都不會是一個爽朗的開始。我整理著多到冒出來的垃圾。「嗯～」一大堆黑色髮絲，讓人忍不住恨起二樓的剪髮男。在大半夜裡剪頭髮，這樣的行為給人極度毛骨悚然的感覺。剪髮男到底過著什麼樣的生活啊！把所有垃圾塞進垃圾袋裡後，我決定直接拿去倒掉。

比起門窗緊閉、空氣不流通的屋內，屋外感覺舒服多了。

我讓晨光灑落在側邊頭部上，帶著彷彿就快溶化般的心情，準備走出公寓的院子。這時——

「你真的很常倒垃圾耶。」

一名男子突然從旁邊衝出來，擋在我的面前。我吃驚地挺直背脊。

對方是柳生。他的登場方式簡直像在等著我出現……不，事實上他肯定就是在埋伏。看著捧在懷裡的垃圾袋，朦朧之中我察覺到柳生的埋伏代表著什麼意義。

「有件事讓人很在意，為什麼我丟在垃圾桶裡的東西會跑到那袋子裡呢？」

或許是因為睡眠不足，柳生目光無神地指著垃圾袋問道。他果然是想問這件事，我頓時睡意全無。不過，我刻意保持一臉睡眼惺忪，裝出反應遲鈍的模樣觀察著對方如何出招。

「我可是觀察了一整晚，直到垃圾桶裡的垃圾消失。好想睡啊～」

柳生硬是忍住哈欠，憤怒使得他的牙齒看起來變得尖銳。

我又沒有拜託你，是你自己要驗證的，現在卻跑來怪我，會不會太不合理？

不過，柳生調查了一整晚，還主動來找我，應該就表示他已經大致知道狀況。

「嗯～」我表現出難以掌握真意的態度後，柳生發出攻擊說：

「請你好好說明一下用了什麼魔術吧！」

「……魔術啊。」

我根本不知道是怎麼一回事，要怎麼說明？更何況那是前女友留下來的垃圾桶。真正的魔法師已經搬走了，現在是她留下來的殘渣為我帶來故事。

「先到你房間再談好了。就這麼決定！我站得很累。」

柳生搭著我的肩，準備把我拉進房間。我還沒倒垃圾耶！我對著柳生搖了搖垃圾袋，但柳生的矇矓眼神似乎沒看見我的動作。被迫又回到房間後，真如柳生所說，他一脫下鞋子便立刻癱倒在地。他就這麼癱軟著身子，擅自爬上人家的房間。

既然這麼累，何不回自己的房間去睡覺呢？

不得已之下，我只好把垃圾袋暫時放在玄關，也走進房間。我在地板上一坐下來，柳生立刻逼近。柳生在地板上發出唰唰聲響爬到我腳邊，我忽然有股衝動想朝他的額頭踹一腳。

「你不是魔法師吧？」

「如果我會魔法，早就住在糖果屋裡面了，哪可能住在這種地方。」

我開玩笑地做出回應。

「那這樣……」柳生試圖接續說話，但我用話語朝他的鼻梁猛力一擊：

「抱歉，我跟你不是朋友。說實在的，我沒必要什麼事都跟你說。」

而且，就算說了，肯定也只會得到「把垃圾桶丟掉」的回答。

我瞥了垃圾桶一眼，露出苦笑心想：「要我丟掉它有困難耶。」

不過，仔細一想，為什麼我要那麼珍惜地留著它呢？

反正也不會再收到比內的詩篇了，何必呢？我的目光移向前女友寫的「神」字。

因為她嗎？

我對她還戀戀不捨嗎？有嗎？必須先有依戀的心情，才會覺得戀戀不捨耶，實際狀況是怎樣？宛如滾輪在轉動般，我不停地自問。歷經幾次的空轉後，我做出否定的答案。現在的我沒有戀戀不捨的心情，而是想過得安定。垃圾桶或許就象徵我的心情。

「……………………喂！你有沒有在聽人家說話？」

柳生不停搖晃我的肩膀。蒙住眼睛的薄膜裂開，原本轉向內心的視野瞬間打開。現實在眼前攤開。柳生在我的房裡，而且就近在身邊，好悶熱啊～

「抱歉，我沒在聽。雖然我確定不會跟你說什麼，但不聽人家說話的表現太失禮了，我向你道歉。不好意思，可以請你再說一遍嗎？等你說完，我再拒絕。」

我為自己的失禮表達歉意，禮貌地做出回應，柳生卻頂出下嘴唇，一副怒氣難消的表情。不然你要我怎樣……喔，最好就是全部老實說出來。

不過，我個人不希望那樣，所以只能用其他方法來說服柳生。

有什麼方法可以說服柳生呢？我正為了這個問題煩惱時，柳生低下頭說：

「好吧，我就不再問這個了。」

柳生加快說話速度，並且接受了。咦？你真的接受啊？柳生布滿血絲的眼睛顯得意志堅定，沒想到卻意外乾脆地死了心，這樣的結束方式反而讓人覺得心有疑慮。這時，柳生抬起頭直視著我。他的目光閃閃發亮，讓人看了不禁害怕得想要站起來。

「比起這件事，其實我更想跟你談另外一件事。」

柳生一副提起垃圾的事不過是為了找機會和我談談的模樣，逼近身子說道。別靠過來啊！

女生就算了，若是男生毫不客氣地拉近距離，你不覺得快要呼吸困難嗎？

柳生近距離地瞪著我，眼神散發出恨意，我不由得歪著頭想：「我做過什麼會讓柳生生氣的事嗎？」

柳生自動揭曉了答案：

「你們最近好像感情很好嘛。」

「啊？」

柳生比了一下牆壁。確認牆壁的方向後，我的腦海裡浮現住在隔壁房間的傢伙。

「西園？」

「去死吧你，隔壁的隔壁。」

「……木鳥？」

雖然柳生的回答夾雜著粗話，但我不敢追究這點，而是道出木鳥的名字。

柳生頭冒青筋地揚起眼角，一副只是順便這麼做的模樣點頭認同。

「很要好對吧？」

「喔～確實不算感情不好吧。」

每次我都會思考一個問題，要怎麼知道跟對方的感情好不好？

每個人都有自己的基準，單方面的想法不過是一種固執己見罷了。

我和前女友的分手原因，就是出在想法上的落差。

不過，很不可思議的是，如果是感情不好，大概都看得出來。可能是因為感情不好的相反不等於感情好吧。

「你昨天還被邀請去吃晚餐，對吧？」

柳生怎麼會知道？柳生的眼皮不停抽動，感覺下一秒頭髮就要高高豎起。

這傢伙該不會是偷聽到的吧？柳生的房間正好位於木鳥母女倆的房間正上方，他如果把耳朵貼在地板上，應該聽得到才對。這般聯想之後，我不禁感到錯愕。

我還陷在錯愕情緒中時，柳生仍舊沒有停下攻擊：

「她為什麼跟你那麼要好？」

「啊……」

「她為什麼會對著你笑？」

柳生朝我逼近，嘴巴還一直念著：「為什麼？」噁心死了，不要用你的額頭頂我的下巴！

先給我滾開一點！我推一下柳生的肩膀後，他就這麼滾了出去。柳生的額頭撞上地板，發出一聲慘叫。

儘管是在夏季，我卻開始感覺到寒意。

「不好意思，如果太大聲會吵到鄰居，這樣會害我的風評一落千丈。」

「你的風評早就跌到谷底了！」

柳生撂下反駁的話語，但這句話說得頗有道理，房東對我的印象肯定是最差的。

這一切都是比內的錯。我決定把所有責任都塞給比內。事實上，她在發生騷動後所做的小動作，確實造成了很大的影響。

「這不重要，重要的是木鳥。你以前跟她沒有多要好吧？」

柳生揪住我的胸口問道。我剛剛已經跟你說過，沒必要什麼事都跟你說，不是嗎？我很想這麼說，但柳生的氣勢讓人難以開口。此刻如果轉頭看向右側，他很可能會把我的脖子往左側扭斷。

「嗯……木鳥符合你的喜好啊？」

我抱著如履薄冰般的心情，謹慎地挑選字眼問道。

不過，想要踩在薄冰上本身就不是一個謹慎的舉動。

「符合喜好……這也是一種表現方式。」

柳生如同一塊冰冷的岩石般靜止不動，然後簡短地說道。

我猶豫著該不該聽其他的表現方式。

「看著她，就會沸騰起來。沒錯，會沸騰起來。」

我根本不想聽，柳生卻自顧自地說了起來。到底是什麼東西會沸騰起來啊？我不敢這麼問。

就某種涵義來說，我確實想知道答案，但又覺得會有危險，所以不敢採取行動。

柳生一邊抖動眼角，一邊說出我根本不想聽的告白話語：

「嗯，我想幫她修剪，為她整理毛髮。」

「喔，原來是這種意思。」

「只要是毛，上面或下面的我都無所謂。」

和柳生比起來，我這個偽變態簡直是遜色太多。

「啊……」

柳生的發言讓我察覺到一件事。

從柳生房裡走出來的女生，各個都是短髮。

而且，她們都是馬桶蓋的髮型。

察覺到這點後，一股不悅的情緒迅速爬上心頭。

「……哇！」

除了「哇！」之外，我無法產生其他情感。我只有這麼一個想法。

老實說，如果手邊剛好有噴火器，我肯定會控制不住地拿起來噴火，把眼前的一切燒個精光。換成其他人，肯定也會跟我一樣認為必須消毒。

這棟公寓裡，果然只有我是正常人。

變態先生，看你怎麼給我精神賠償！不管怎樣，拜託你先離開我的房間。

「我一直在旁邊守護著她……還隨時保持笑容……」

柳生碎碎念個不停。你不是在一旁守護，只不過是從遠處望著她而已。

「這件事才真的像是魔術。你做了什麼？說出來吧！」

柳生再次揪緊我的襯衫。原來這才是重點。

柳生似乎真的只是為了找機會跟我問清楚這點。對於垃圾桶之謎，他打從心底地不在乎。柳生很正直，而且專心一意。不過，是個變態。

「喂！快告訴我啊！」

柳生抓著我搖晃個不停。不知不覺中，我已經被逼退到牆邊，後腦杓頻頻撞上牆壁。然而，我沒有多餘的精力去理會後腦杓的悶痛感，必須先設法解決柳生才行。

做了什麼啊？讓我想一想，我拒絕買內褲，也停止援交，還有……

「我把螯蝦放在她的頭上，頂多這樣而已吧？」

省略掉細節後，只剩下這件事可提。柳生的目光在空中遊走，宛如被捲入了混亂的漩渦裡。不過，他立刻恢復冷靜說：

「你說的螯蝦是指真正的螯蝦嗎？還是[illegible]種隱喻的說法？」

「妖魔鬼怪散去！」

雖然不知道世上有沒有被允許的暴力，但我抱著堅定的信念踹了柳生一腳。

沒有「戀童癖好」這種打招呼方式！沒有人會這樣說話！

不對！

身體被我一腳踹飛後，柳生輕盈地飛起，最後滾落在地。或許是被踢時柳生自己臨時往後縮起身子，所以沒有顯得很痛苦的樣子。好一個動作輕盈的變態。動作敏捷的怪人不論去到世界何處，都不會受歡迎的。這種人就讓我在這裡把他消滅掉吧！我抬高腳，擺好姿勢準備使出讓對方十秒倒地的飛踢。柳生則是一副看見殺父仇人似的模樣，抬頭注視著我。

不過，柳生充滿敵對意味的表情立刻恢復冷靜，對著我發問：

「長出來了嗎？」

「長什麼東西？」

「下面的毛。」

「我怎麼可能知道！」

「原來你不知道啊……」

你幹嘛露出安心的表情！這種會突然冷靜下來的傢伙最可怕。

因為這種人也會突然激動起來。

到目前為止的狀況還算正常，真正奇怪的還在後頭。

事情的開端是，木鳥在那之後跑來找我。看見她端著小鍋子來到我的房間，柳生大叫一聲。不，那完全像狗在吠。然而，在那同時，柳生端正地跪坐著迎接木鳥的到來。我看了不禁感到佩服，柳生真是個擅長偽裝的變態。或許就是因為這樣，他才會受到其他女人的歡迎吧。

在吵鬧聲音的引誘下，公寓的住戶不約而同地動了起來。愛湊熱鬧的一群人迎接了早晨的到來。首先，西園飛快地衝來。他像在滑壘似地滑進玄關後，往前摔了一跤，腳上的木屐飛高撞上天花板，最後他連滾帶爬地爬上房間。整個過程中，我差不多有三次忍不住想一腳踹飛他。

接著是路過門口時聽到吵鬧聲的米粉頭男，一副「發生什麼事了？」的模樣從門外探出頭看。然後，不知道為什麼，他也走進房間來。

一個我根本沒交談過幾句的男人，把薰衣草的香味帶進悶熱的房間裡。不知道為什麼，這男人的身上老是散發著跟外表一點也不搭的花香。

最後是比內從窗戶進到房間來。雖然搞不清楚比內為什麼要這麼做，但她從天而降後，整個人貼在窗戶上，還披著一頭亂髮。如此隆重的出場，足以把人嚇出一身冷汗。現在這位大小姐正把頭探進冰箱中，生氣地說：「沒有冰淇淋！」我的房間裡當然不可能隨時都有冰淇淋。

「至少要隨時準備個羊羹吧。」

「我這裡又不是賣甜點的。」

「啊！我去幫妳準備好嗎？」

西園插嘴問道。比內發出冷漠的目光瞥了西園一眼後，拒絕地回答：「不用。」

要不要我去幫妳買？如果是我開玩笑地這麼提議，比內肯定會說：「還不快去！」然後順便用力踹我的屁股一腳。為什麼會有這樣的差別待遇呢？不知道這樣是對誰的評價比較高？我不由得思考了一下這個問題。

西園明明受到冷漠的對待，卻精神奕奕地邊回答：「是！」邊扭動著身子。我看他是沒救了。

……總之，歷經這般過程後，房間裡的人口密度從一大早便呈現飆高的狀態。

一路回顧下來，似乎已經過了很長一段時間。不過，實際經過的時間並沒有長到足以一點一點地解決眼前的現實。所有人都一臉無精打采的表情忍受著悶熱感。

都給我出去！

「可以先讓我說一句話嗎～？」

西園……更正，有個蠢蛋舉高手說：「我～我～」

「話說回來，你來幹嘛？」

「我的坐墊不見了。」

西園訴說著自己的不滿，完全無視我的提問。基本上，我的房間裡根本沒有坐墊這種東西。

先說明一下大家的位置好了。我在窗戶邊，木鳥縮成一團地坐在我的旁邊。有個人擋在電風扇前，如此惡劣的舉動不用說也知道是比內。西園坐在比內旁邊，很努力地試圖盡可能接近比內，但目前移動速度只達到分速三釐米。西園端正地跪坐著，身體還不停扭動，那模樣令人同情，同時也顯得噁心。再來是柳生，他坐在我的正前方。真的很礙眼。

這麼整理一遍後，才發現大家都集中在窗戶牆邊。狹窄的房間還留有一半的空間，大家明顯擠成了一團。又不是角落生物（註7），何況角落生物可愛多了。

在這之中，米粉頭男獨自低調地抱膝坐在最後方。與其說他聰明，不如說他真的是非相關人士。

大家的視線集中在米粉頭男身上，米粉頭男一邊搔抓鼻頭，一邊做自我介紹：

「呃……呵呵呵，我應該算是歷史的見證人吧。」

你這個米粉頭在說什麼鬼話啊！所有人都投以冷淡的目光，米粉頭男本人卻是心滿意足的模樣，一副他一直希望有機會說出這句台詞的神情，這般充實感讓米粉頭變得朝氣蓬勃。

「老實說，我跟你們沒什麼太大關係。我看你們好像很有趣的樣子，所以跑來看熱鬧。」

不是為人耿直，就代表不論做什麼都可以被原諒好嗎？不對啊，基本上其他傢伙真的跟我有關嗎？難道垃圾桶光是引來垃圾還嫌不夠，現在把人也都召集過來了？

註7◆日本SAN-X推出的角色，一群害羞怕事、喜歡窩在角落的生物。

不管事實為何，現在大家一直這樣你看我、我看你，也只會引來中暑罷了。

「對了，那是什麼？」

我把目光移向木鳥捧在懷裡的鍋子。「是！」木鳥舉起鍋子說：「我想分一些早餐給神先生吃。」

「喔？」

可不可以拜託你們不要每個人都擺出手摸下巴的姿勢？還有，唯獨柳生的眼神很恐怖。他睜大眼睛瞪著我，彷彿就快說出：「你快吃一吃升天去吧！」不過，有人分享食物還是很令人開心。

「裡面是什麼？」

「馬鈴薯湯。」

「喔，感覺很好吃……的樣子喔～」

柳生的視線令人在意，我說話時忍不住夾雜了「嘿嘿嘿」的詭異笑聲。木鳥不知道做了怎樣的解讀，她一副靦腆的模樣摸著頭髮。如果不是熱得大汗淋漓，此刻的畫面肯定美得像幅畫。

除了比內之外，所有人都滿身大汗。霸占電風扇的比內似乎也沒有涼快到哪裡去，她一臉不悅地皺著眉頭。我很想對所有人說，你們為什麼不選擇簡單的解決方法呢？

我很想自己出去，但坐在對面的柳生應該會阻止我。

柳生一邊淌著汗水，一邊露出親切的微笑。當然了，他是在對木鳥笑。

「木鳥妹妹，妳跟這傢伙……妳跟這位先生好像感情很好喔。」

或許是想保持好形象，柳生顯得不自然地掩飾著對我的失禮態度。是說，他根本沒有掩飾得很好。

「不是感情很好，而是我最近受到了神先生的照顧。」

木鳥斜眼看向我。光是木鳥坐在我旁邊這件事，想必就讓柳生看得很不順眼吧。

我這麼想著，露出笑容回應。不過，我只不過照顧她一次而已，現在卻收到第二次的回禮，這樣妥當嗎？但是，以次數來計算恩情不見得就是正確的做法。只要還有受恩於人的感受，想要回多少次禮都是那個人的自由吧。

不限於恩情，超越善意、惡意的人類情感或許也應該如此。

「……………………」

我的目光很自然地移向垃圾桶。

對於前女友，我傳達過多少愛意？

「原來是這樣啊～受到照顧啊～是喔～真想不到呢～」

若不是木鳥在場，柳生肯定很想勒緊我的脖子。他只有聲音顯得沉穩，目光和有稜有角的腮幫子朝向我。柳生拉長語尾、像是有話想說卻忍著不說的說話方式，讓人印象深刻。

「具體上是受到什麼照顧呢？好想知道喔。」

西園企圖明顯地插嘴說道。你根本是明知故問！

「這件事跟西園先生無關。」

出乎預料地，木鳥搶先我一步提出反駁。雖然殺傷力不足，但木鳥瞪著西園。

可能是覺得木鳥的反應很有趣，西園開心地晃動著肩膀。

「也對，確實跟我無關啦～嗯～神是戀童癖嘛～」

幹嘛隨隨便便貶低我！難不成是想破壞比內對我的印象？

沒用的，比內早就知道這件事了……雖然那根本不是事實。

說到比內，她挨近電風扇，顫抖著嘴唇發出「噗嚕噗嚕」的聲音在玩耍。

好想直接用電風扇的電線把她跟電風扇捆在一起，然後拿去外面丟掉。

「對了，木鳥妹妹是國中生，對吧？」

柳生平常和木鳥接觸時，肯定是表現出更有禮貌、更具紳士風範的冷靜態度。

就快露出馬腳的柳生竟然在確認這件事。不用說也知道，柳生肯定知道木鳥是國中生。他到底有何意圖？

「是。」看見木鳥輕輕點頭這麼回答，柳生以開朗的語調說：

「這樣啊，那妳有沒有喜歡哪個男生呢？哈哈哈！沒有啦，妳剛好是情竇初開的年紀嘛。」

我在一旁聽著，忍不住板起臉來。

就算他真的很在意，也不能問得這麼直接吧！

雖然柳生裝出爽朗的態度，但還是隱約散發出被逼急了的感覺，所以顯得有點噁心。明明是國中生會說的話，卻想換成大人的話語來表現，所以才會失敗吧。我抱著這般感想看向柳生，被柳生瞪了一眼。對柳生來說，他似乎是很認真在提問。

不過，雖說很在意木鳥和其他男生的關係，但這樣的問法會不會有點迂迴？

妳和隔壁男生是什麼關係？可以的話，柳生應該很想直接這麼問吧。

「沒有。」木鳥低喃後，明明只要隨便回答個什麼就好，她卻停頓下來。木鳥左右移動著視線，像是慢慢咀嚼著內心情感似地沉默了好一會兒。

「我還不敢確定是不是喜歡……不過，會覺得在意……」

木鳥把話含在嘴裡似地說，嘴唇的動作顯得僵硬。不過，大致上還是聽得懂她想表達什麼。

這部分沒什麼問題。

問題是在那之後，木鳥別有涵義地瞥了我一眼，讓狀況變得更加複雜。

我知道木鳥不是故意的，但在不小心對上視線的情況下，我想敷衍都難。

「……喔。」

「是……」

我和木鳥兩人不約而同地低下頭。不知道是不是我聽錯了，頭上傳來某人咬緊牙根的聲音。

「啊！沒有，我沒有喜歡的男生……」

木鳥急忙做了更正，但一點說服力也沒有，毫無否定的意義。

「那我也可以問一個問題嗎？」

木鳥加快說話速度說道。雖然她一副頭暈目眩的模樣，但說話還挺流利的。柳生的表情瞬間變得開朗，一副充滿期待的模樣。然而，木鳥的視線移向了比內。

「我在想，不知道妳為什麼會從窗戶進來？」

木鳥對著比內問道。的確，這點讓人很在意。

只是，現在這狀況適合問這個問題嗎？木鳥果然也有一些不正常。

和電風扇變成好朋友的比內接到話題後，轉過頭說：

「我嗎？想到男朋友的房間裡玩，不需要任何理由吧。」

怎麼覺得比內答非所問？而且，她的發言帶著挑釁的意味，真不知道她想挑釁的對象是誰。不用說也知道，氣氛當場變得僵硬。現場只有我勉強做出回應：

「妳男朋友是誰啊！」

「呼～」

比內讓電風扇的風吹向我，嘴裡還發出風聲。我最近一直沒去剪短的瀏海隨風不停搖曳。

比內說的男朋友好像是我。關於這點，我可是一點印象也沒有，更談不上會覺得難為情了。

比內為何要若無其事地扯這種謊呢？

「哈哈哈！妳真是愛開玩笑！」

儘管表情顯得僵硬，西園還是一笑置之。「就是啊～」我跟著西園一起開朗地笑著。剎那間，西園齜牙咧嘴地露出凶狠的表情。連西園也被柳生同化了。不過，可以不用理這傢伙，反正他很不會打架，基本上也不喜歡暴力。大致上來說，他算是比較接近我這一類型的人。

至於柳生，他應該是有些超出正常範圍的人。

那麼，另一個人會是什麼類型呢？

木鳥也嘴巴開開地僵住不動。不過，這樣的反應只持續一下子，她很快地閉起嘴巴，也皺起眉頭。木鳥露出嚴肅的表情低下頭，那表情像是在回想著什麼。

回想完後，木鳥不是看向我，而是把目光投向比內。

木鳥的雙唇緊閉，嘴裡像在咀嚼似地動來動去，就好像舌頭在嘴裡不停狂動著。

「怎樣？妳想說什麼就說啊！」

比內也立刻察覺到木鳥的視線，開口問道。「沒有。」木鳥立刻垂下眼簾，然後對我投來求救的眼神。妳跟我求救，我也不知道該怎麼救啊～

「妳不要太欺負她啦。」

我試圖化解僵局而這麼說，比內板著臉垂下兩邊的嘴角。

「我不過是問她有什麼事而已，哪裡欺負人了？」

「表情吧。」

妳光靠眼神就有足夠的威力讓天真無邪的女國中生嚇得說不出話來。

比內帶著憤怒的情緒朝我撲來。為了迎擊，我保持坐著的姿勢往前探出身子。這時，木鳥從中介入。因為事發突然，我根本來不及停下動作，木鳥就這麼被我和比內猛力地夾在中間。木鳥的頭部側邊撞上我的左胸口，我也清楚感覺到左胸口一陣疼痛，由此可見撞擊的力道不小。

「妳、妳還好吧?」

我的胸部加上比內的胸部,木鳥總共被撞了兩次耶!且不論比內,撞到我的胸部時應該挺痛的。不對,撞到比內的胸部應該也會痛才對。我暗自這麼更正時,忽然感覺到比內的殺氣而急忙抬起頭。比內一副早就識破我的心聲似的模樣緊握著拳頭。

這女人的直覺到底有多強啊?我一邊忍受爬上心頭的那股寒意,一邊和比內對峙。

「呃~吵架不好喔。」

木鳥再次介入地說道。

一雙小巧的手推著我和比內的肩膀,試圖把我們推開。

木鳥的氣勢薄弱,但動作本身帶著強勁的力道,感覺得出來她是認真的。

比內和我互看了一眼後。她露出壞心眼的笑容,但眼神裡不帶笑意。

「沒禮貌!這位小姐的表情哪裡讓你不滿意了!」

風浪好不容易平息,西園又來攪局。千萬別過來!我打從心底這麼想著,但西園一副「不准你汙辱比內」的模樣展開突擊。「啊~~」西園像隻螳螂一樣舉高雙手,朝我使出攻擊。天氣太熱,這傢伙的腦袋可能快要燒壞了。木鳥差點被西園推倒,我急忙把手繞到木鳥的背後扶住木鳥。看見我抱著木鳥的肩膀,柳生不用說當然是睜大眼睛瞪著我。唉~頭好暈啊~比內也好不到哪裡去,她對著木鳥找碴說:「快說啊!」

木鳥低著頭，抬眼注視著比內，眼神裡散發出鬥志。

場面一發不可收拾。米粉頭男機靈地把電風扇移到自己面前，這一切的一切都讓人覺得快要中暑了。沒有一個人願意伸出援手，我就這麼陷在騷動之中，想逃也逃不了。房東也好，可不可以有個人趕快來幫忙收拾場面啊？真不愧是我所認識的房東，當人家迫切希望她出現時，偏偏不出現。

往右手邊一看，木鳥滿臉通紅地注視著比內。比內揚起嘴角，一副感到有趣的模樣欣賞著木鳥的眼神。往左手邊一看，西園儘管大聲嚷嚷吵個不停，仍舊試圖拉近與比內的距離。柳生瞪著我的同時，則想若無其事地介入我和木鳥之間。

不論看向哪一邊，湧上心頭的情緒都一樣。

好麻煩啊～

我累了。其他人也都累了。如果真是如此就好了，無奈柳生和西園還精神十足。

既然已經沒有精力跟他們繼續耗下去，乾脆……

我學米粉頭男抱膝坐在地板上，一動也不動。此刻應該假裝自己是非相關人士，讓時間慢慢流逝。我是椅子、我是石頭……我發揮念力，讓自己融入黑暗之中。不論場面再吵鬧，或有人發火地把矛頭指向我，都要不予理會地讓時間過去。直到狂瀾怒濤恢復風平浪靜為止，就算被人踹飛，也要想像自己被一層硬殼保護……嗯？怎麼會有一隻腳？我抬頭一看，發現比內一臉開心的表情正在踢人。雖然不是當真使出力道，但比內動作輕快地踢著我的屁股。

「妳憑什麼第一個跳出來踢人！」

「好好玩喔～」

比內繼續踢著。這時，我再也無法保持理智，忍不住撲上前展開反擊。

閉關作戰不堪一擊地宣告失敗，我主動跳進混亂的漩渦之中。

反正我的風評已經跌到谷底，也沒什麼東西必須捨命保護了。

混亂的時間總算過去，騷動宛如迎來颱風眼似地平息下來。於是，我開始準備收拾亂局。與其說是要送大家離去，不如說是為了趕人會更貼切。我打開門率先走到屋外，對著所有人招手。第一次看見玄關被各式各樣的鞋子埋沒，說實在的，很擋路。

好了、好了！回家了！我不停地招手。房間裡瀰漫著熱氣，彷彿一直待在蒸氣室裡的住戶們在我的誘導下，像殭屍般走出屋外，尋求雖然悶熱但至少是新鮮的空氣。每個人都流了一身臭汗，光是看到就讓人覺得厭煩。

「你給我等著瞧！」

有生以來第一次有人認真地對我撂下這句狠話。柳生發出「咕！」的一聲離去了。

「你給我等著瞧喔～」

「不要用假音說話！也不要用讓人想忘記的噁心動作扭來扭去！」

可能是有一部分的腦袋燒壞了，行徑比平常更怪異的西園也離去了。我迫切希望西園能消失在地平線的另一端，但他只是走回自己的房間。

咕！

接著是米粉頭男走出來。對上視線後，米粉頭男張開如鴨嘴獸般的嘴巴，報上名字說：「我叫三四郎。」這名字聽起來給人一種一天到晚在喝紅酒的感覺。柳生、三四郎、喜助，難道這棟公寓會聚集名字帶有古味的住戶？又名三四郎的米粉頭男搔了搔頭後說：

「沒有啦，其實我以前住在另一棟公寓，但因為臨時需要一間房間，也可以說是把房間讓給別人，或說是房間被人搶走也行……總之，就是有一些狀況，所以我就近搬到這裡來。」

「喔。」

「這裡還真是熱鬧呢。」

米粉頭男用力搔抓著頭離去。他不是回房間，看樣子好像是打算外出。

他或許正準備去見偶爾會在公寓裡出現的美女。

呿！從剛剛到現在，我一直態度很惡劣。就在我露出無精打采的表情時——

「……不好意思。」

木鳥縮著頭，一副偷偷摸摸的模樣走出來。「喔……」我含糊地點點頭後，和木鳥注視著彼此。彷彿提前請來了夕陽，木鳥的臉漸漸染上紅色。

這什麼反應？我也不由得垂下眼簾，閃躲木鳥的目光。

補充說明一下，目前的時刻還不到早上十點。雖然有種完成任務的感覺，但一天的尾聲還相當遙遠。

「我剛剛說的，呃……沒有太深的涵義。」

木鳥像在辯解什麼，把話含在嘴裡說道。接著，她挺直背脊說：

「不、不是那種意思！」

木鳥說到一半時破音，害得我也受影響地僵住身子不動。

「也沒有其他什麼涵義！」

「嗯、嗯。」

妳可以說話不要那麼大聲嗎？我很擔心枷生會突然跑回來。

「不過，要說到底是什麼涵義呢……」

「……不是啊，妳鎮靜一點。」

看見木鳥的眼睛不停地轉來轉去，我忽然發現自己比想像中的冷靜，也比木鳥要鎮靜。「我先告辭了！」木鳥省略掉很多話語，深深行了一個禮後快步逃離。她應該是察覺到自己已到了極限。「辛苦了。」我對著木鳥的背影輕聲說出慰勞的話語。

房門半開著，我倚在門上嘆了口氣。度過一段密度高過夏天熱度的時光後，整個人感到虛脫無力。這種時候應該待在冷氣很強的房間裡躺成大字形才對。

然而，現實生活中，房間裡只有電風扇肯為我賣命。

電風扇的葉片轉動聲從背後傳來。

……嗯？

「一、二、三……」

我不由得屈起手指頭數數。算一算後，發現少一個人。思考一下後，我驚覺地走回房間確認。

比內躺在房間裡看著電視。「哈哈哈！」顯得生硬的笑聲傳來。

兄弟一起吃烤肉的畫面有什麼好開心的？不對，就某種涵義來說，或許還滿值得開心的。

「妳幹嘛悠哉地躺在別人的房間裡？」

「悠哉？」

比內硬是保持躺在地板上的姿勢，轉過頭來。她瞇著眼睛，眼睛細得像是被人用力擠壓。

「你以為躺在這種房間悠哉得起來嗎？想得太天真了！」

連個軟墊也沒有——比內這麼補上一句後，在地板上打起滾。灰塵隨之揚起，她踢著灰塵玩耍。

好像滿好玩的耶。

「……那妳回去啊。」

放心，我不會硬要妳從窗戶爬回去。我為人很謙虛吧？

我一邊等著比內認同我說的話一邊坐下來，但比內依舊躺著不動。她連看我一眼也沒有。

「妳回房間去肯定也是無聊吧。」

比內徹底不理我。一個人能如此以自我為中心，反而讓人羨慕起來。

我也閉上嘴巴不說話，但沉默下來後，不禁想起剛才的事情。

妳怎麼有辦法一臉滿不在意的表情！比內的態度讓我心中不禁升起一股恨意。

「妳剛剛幫我製造了不少問題嘛。」

「什麼問題？」

「不是啊，就是……妳扯了一個大謊說喜歡我什麼的。」

「我才沒有說謊呢～我超愛你的！」

「……誰會一邊抓背一邊說這種話？」

比內托著腮，態度冷漠地開口說：

「你是男的沒錯吧？所以的確是我的男性朋友啊。」

「我不想跟妳玩文字遊戲。」

「我只是想到這樣剛好可以避免男生來追求我。」

「妳是在說西園啊？」

原來比內早就發現了。也對，就算那傢伙不可能直接說出來，也表現得夠明顯了。

「我不喜歡那種男生。」

「這我能體會……」

不過，西園畢竟算是我的朋友，所以難免還是會有些尷尬。

或許是我不自覺地流露出這般心情，雖然不明顯，但比內扭曲著臉頰，露出像在笑的表情。

然後……

「你真是個濫好人呢，喜助。」

「……怎麼可能？」

比起得到濫好人的風評，比內直呼我名字的舉動帶來更大的衝擊力。對我來說，被直呼名字有著難以忽視的特別感覺。

比內站起身子，保持微微向前傾的姿勢走了出去。我轉過頭，用視線追著比內。

「妳要去哪？」

「你還問？是你叫我回去的耶。」

「喔，對，沒錯。」

我可能有些混亂了。「那太好了。」有氣無力的聲音往斜上方飄去。

電風扇的風輕易地吹散了輪廓不明的開心情緒。

比內在玄關處轉過身子，大步走了回來。

算了～還是不回去了——我以為比內會這麼說，卻看見她彎起一邊的膝蓋，在我面前跪下來。

比內毫不客氣地把臉湊近後，瞪著我看。

「怎、怎樣？」

我試圖虛張聲勢，但毫無氣勢可言，只讓自己顯得沒出息。

我心想比內可能會表現出冷淡的態度，卻發現她的視線停留在我的手上。

「是這一隻手空著吧？」

「啊？」

比內抓起我的左手，身體往前傾。視野裡出現似曾相識的畫面，下一秒鐘——柔軟的嘴唇貼在我的手背上。

「⋯⋯⋯⋯⋯⋯⋯⋯⋯⋯⋯⋯」

我整個人僵住了，就連指尖也彷彿變成石頭似地停下動作，我只能入迷地看著比內的舉動。

血液在體內急速竄流，劇烈流動的聲音不停從耳朵背後延伸到上手臂。

比內一邊撩起頭髮，一邊貼上嘴唇，那模樣藏起了平時的劇烈氣勢，散發出莊嚴的感覺。或許不像我一樣感到內心動搖，比內很快地挪開嘴唇，瞥了我一眼後便迅速走出屋外。被留在原地的我嚇得腿軟，站也站不起來，好不容易指尖才開始顫抖起來。

——要不是喜歡對方，哪個女生願意親他的手？

腦海裡響起比內幾天前在夜裡說過的話。下一秒鐘，我抱起頭胡亂搔抓頭髮。凝聚在一起的汗珠劃過額頭，順著鼻梁往下巴滑落。

「在幹嘛啊！」

儘管該回答的比內早已不在房間裡，我還是忍不住這麼嘀咕。

不過，下一秒鐘，拍打天花板的擾人聲音傳來。

彷彿聽見了我沒有指名道姓的自言自語。

第四章

鳥鳴聲

第二學期開學後的第二天，朋友說我變成熟了。

「咦？哪裡變成熟了？」

我自己完全沒有這種感覺，不由得抬高原本托著腮的頭。身體一有動作後，集中在教室裡的熱氣讓人有種像在划水的感覺，也頓時覺得更加悶熱。

「妳好像一直坐著在想事情喔，木鳥，側臉看起來感覺有點成熟。」

朋友這麼說，但我看不見自己的側臉，所以當然沒有感覺。我一直在想事情嗎？我試著回想，但腦中沒有閃過任何念頭。

「可能是天氣太熱，我才一直坐著不動吧？應該是吧？」

明明是跟自己有關的事情，我卻回答得含糊。現在是課堂和課堂間的休息時間，可能是教室裡的吵鬧聲感覺離自己很遠，我才會發起呆來。上課時我幾乎是無意識地在抄黑板，也幾乎沒在聽老師教的內容。我反省了一下，應該認真上課的。

「還有，也可能是因為旁邊的頭髮變長了一點。」

說罷，朋友回到自己的座位上。重新托起腮後，我抓住頭髮。在暑假之前，也就是從七月開始，我好像就沒有剪過頭髮。因為不想花錢剪頭髮，所以每次都是媽媽幫我剪。不過，今年夏天發生了很多事。尤其是後面那段時間，我好像很自然而然地逃避起剪頭髮。

總覺得如果和媽媽在一起，又是在無法動彈的氣氛之下，會聽到不想聽的話。

先不說這個了，要剪頭髮嗎？如果留長，整理起來會很麻煩。更主要是因為我覺得自己不適合長髮，才會每次都剪短。不過……我看著頭髮陷入了思考。不知道神先生覺得長髮和短髮哪一種比較可愛喔？怪了，怎麼會突然冒出這個念頭？雖然原因不明，但我忍不住思考著這個問題。要留長髮還是短髮，才能更吸引神先生的目光呢？我陷入煩惱之中。除了自己的喜好外，以前我從來不會配合別人的喜好來決定頭髮長度或髮型。

神先生，住在我家隔壁的隔壁的鄰居。這位鄰居在去年春天搬進了公寓。當時他是在白天來打招呼，因為只有我在家，所以是我去應的門。一開始我還覺得他有點可怕。他的身高比我高很多，再加上散發出來的威嚴感，讓我覺得他是個「大人」。

說實在的，他的臉上也沒什麼笑容。搞不好神先生當時也很緊張。

在那之後，我們沒什麼機會交談。我只隱約記得看過他和像是女朋友的女生，在公寓前開心聊天。他們總是聊得很起勁，有時候甚至覺得吵到根本沒有顧慮到周遭的人。以前的印象和現在的神先生完全不搭，簡直像是不同的兩個人。

不知道為什麼，此刻腦海裡突然清楚浮現神先生以前的模樣。

原來神先生愛上一個人的時候，也會像那樣忘我地開心嬉鬧啊。

那麼，平常在我面前露出溫柔笑容的神先生是哪一個他呢？

以前腦中浮現這個想法時，總是一閃即過，現在卻讓人覺得痛。痛楚的感覺緊貼在胸口和腹部之間甩也甩不掉，讓人感到呼吸困難。當我低下頭，閉著嘴巴忍受痛苦時，從旁看來或許會覺得我在想事情吧。

然而，忍受痛苦就夠我忙了，哪有時間想事情。

我毫無頭緒。身體被緊緊綁住的感覺究竟是怎麼回事？明明被緊緊綁住，我卻覺得身體風化成粉末，不斷從空隙之間散落。

我只覺得不安，彷彿現在的自己不停剝落，就快消失到不知何方去。

心臟的跳動聲、喧鬧聲、落在腳邊的視線，每一樣都在浮動，而且不搭軋。

在這樣的狀況下，安靜坐著什麼也不做反而變得痛苦。當我察覺時，已不自覺地在上一堂課分發的講義角落寫上「神先生」。

神先生。我回想起神先生和女朋友的互動，試圖想起他的名字。印象中好像是叫「Kisuke」。不曉得漢字怎麼寫喔？基助？還是喜助？看著講義，不禁覺得自己對神先生一無所知。

「那誰的名字？」

心臟像被人揪住似地緊緊縮起。不知不覺中，朋友已經走到我身邊，並探出頭看著講義。我很想開口說話，但整個人慌得說不出話來。

班上沒有同學是這個姓氏，不知道朋友看了會怎麼想？我不安地眼神四處遊走時，朋友歪著頭說：「Kami Kisuke？古裝劇裡的角色喔？」朋友的錯誤解讀讓我暗自大大地鬆了口氣。「嗯嗯。」我敷衍說道，然後拿捏時間，在不會顯得不自然的時間點摺起講義，並收進書包裡。

「上課時間快到了喔。」

聽到我這麼說，朋友瞥了時鐘一眼說：「真的耶！」並回到自己的座位。朋友剛剛明明已經回到座位上，卻又晃啊晃地跑過來，真是大意不得。我一直盯著朋友看，確認她已經真的坐回座位後，才重新面向前方，準備上下一堂課。整個掌心都是冷汗。

悄悄地擦乾掌心後，我托起腮，嘴唇跟著顫抖起來。

「神先生。」

當然了，呼喚名字也不會有什麼事情發生。

即便如此，還是會為了想多接近他而有所動作。

眼皮隨著嘴唇顫抖起來，於是我闔上眼睛。

意識不受控制地動了起來，渴望著與神先生緊緊相連。

一股焦急難耐的強烈衝動折磨著我，疼痛感從身體一路流竄到頭部。

好難熬、好痛苦，恨不得能甩開一切痛快地哭一場。

不過……

痛苦得彷彿生了病之後，我總算察覺到一件事。

近來的我，滿腦子想的都是神先生。

從我出生以來，家裡就不曾有過父親。即便是個孩子，也不須花太多時間就能理解，以一般的價值觀來說，這是一件不自然的事。幼稚園的觀摩日、扮家家酒的遊戲、出現在電視上的玩樂畫面，在這些場面裡，都會出現小孩、媽媽，以及高大的男人。那是誰？到現在我仍清楚記得自己無意間這樣詢問媽媽時，浮現在媽媽臉上的傷腦筋表情。

答案是爸爸。不過，我沒能繼續追問爸爸是什麼。

得知那是不該問的問題後，我很努力地極力避免再提起這個話題。我必須在小小的房間裡每天面對媽媽，所以，我不希望吵架，也覺得抱著灰暗的心情面對媽媽是一件痛苦的事。雖然並非有意識地算計這些事，但年紀小歸小，我還是懂得衡量利弊。或許因為我和媽媽都會抱著近似客氣的心態顧慮彼此，所以我們沒有吵過什麼架，也相處得十分融洽。

至少，到目前為止都很順利。

放學後準備回家的路上，我思考著要如何答覆爸爸時，回想起這些事。我想也沒想過今年夏天竟然會接到爸爸的電話，更沒想過事到如今爸爸會提議要一起住。我一直認為自己會和媽媽兩個人一直生活下去。如今兩人的生活搖搖欲墜，彷彿即將瓦解。

腦中忽然閃過一個想法：「原因就出在這裡嗎？」

「……………………………」

每次思路一出現縫隙，眼裡就會映出一大片神先生的身影。

神先生也是撼動我的生活基礎的原因之一。

反而應該說，神先生造成的晃動幅度更大。

像是陽光忽然變得猛烈，我整張臉發燙起來。

這代表著……

意思就是……

我感到難為情地咬著下嘴唇，直視自己的心境。

我喜歡神先生。

是這樣嗎？

書包差點掉了下去，我急忙抓緊書包，身體微微向前傾地大步前進。果然只要一想到神先生，我就會變得情緒不穩定。這是怎麼回事？

對於男同學，我不曾有過這樣複雜的心情，所以沒辦法透過比較來找出答案。不過，如果照平常聽到的說法，如果滿腦子都想著對方，這果然就是戀愛了吧。

就算是戀愛好了……

戀愛給人的印象明明是一種美好的感覺，為什麼我卻只感到不安？

不安的情緒不斷地啃蝕著我，實在太痛苦了。然而明明如此痛苦，我卻無法割捨，也忘不了。

回到公寓。理所當然地，媽媽還在工作，所以我用自己的鑰匙打開家門。放下書包喝口水後，我沒有換下制服便走出屋外。門口旁邊放著盆栽，我準備照顧盆栽裡的小番茄苗。盆栽聽說是有人丟棄在路邊，後來被媽媽撿回來。

媽媽時而會像這樣撿東西回來。

我戴著神先生給我的棒球帽，蹲下來花時間地照顧盆栽，毫無意義地翻著土壤來打發時間。只要像這樣待在屋外，說不定有機會遇到神先生走出來。

比起照顧小番茄苗，我更期待與神先生的偶遇。發現自己的心態後，我難為情地低下頭。我不明白自己為什麼會如此在意神先生。

我是因為見不到神先生，才感到不安嗎？

可是，見了面後我又會不小心醜態百出。一想像那個畫面，我反而變得更加不安。我希望表現出好的一面，也希望神先生覺得我好。學校裡那些會在意服裝或髮型的同學們，或許比我更早有過這樣的期願吧。我抓著瀏海想：「要打扮啊……」

住在二樓的柳生先生說他是美髮店的學徒，不知道他對流行髮型這一類的資訊熟不熟？老實說，我對這方面一點也不熟悉。在學校裡我也不屬於追求流行的那一群，所以接收不到資訊。我猶豫著該不該找柳生先生商量，請他幫我設計髮型。

每次不論我說什麼，柳生先生都表現得很友善，或許應該說表現得很熱情……他雖然有著冷漠的外表，但其實應該是個很親切的人。不過，有時候他摸我的肩膀或頭髮時，會有種怪怪的感覺。

「……………………」

我用指尖摸著盆栽，就這麼僵住不動。

神先生是不是喜歡長頭髮的女生？

他以前的女朋友是長頭髮，樓上的那位也是。

這時，旁邊傳來有人轉動門把的聲音，我嚇一跳地抬起頭。

旁邊出現一個人，我和對方對上視線。

「嗯？怎樣？」

是西園先生。他和神先生同時期搬進來，也是個大學生，每次都打扮得很奇怪。雖然他和神先生是朋友，但似乎完全不打算和我培養友好的關係。

西園先生準備回房間時，忽然轉了一圈，手上的購物袋也跟著轉了一圈。

「是怎樣！妳就不能維持開心的表情久一點嗎！」

被找碴了。這個人真的很吵。整棟公寓裡，應該就屬他最不穩重。

不過，他剛剛說我的表情看起來很開心，真的嗎？我不禁感到訝異。

「我知道了，妳是不是誤以為神回來了？」

竟然被他猜到了！除了第六感很好之外，包含心眼都很壞的壞蛋識破了我的心聲。

聽到不加修飾的話語，我不禁臉頰發燙，西園先生也因此解讀成我默認了事實。

「看到神回來，妳會高高又興興啊？哈哈哈，都寫在臉上了！」

「才、才不是！」

「是喔。」

這個人一下子囉嗦，一下子又突然變得冷漠，情緒起伏還真大，所以，我才會不喜歡他。

看見西園先生走進房間，我頓時鬆了口氣，沒想到他沒有把門關上。

「喂！援交小妞，要不要我透露好消息給妳聽啊？」

西園先生從半關上的門後探出頭來，用失禮的稱呼叫人。我露出凶狠的眼神瞪著他，但他一副有些瞧不起人的模樣嘿嘿笑著，讓人看了就生氣。

「妳不想知道啊？」

「不想。」

我心想一定是很無聊的事情，所以出聲拒絕。

「那就算了，我本來想透露跟神有關的事呢。」

明明知道是誘餌，我卻不由得想一口咬住釣鉤。

我的肩膀僵硬，頭部像是變成保齡球那麼重。

儘管如此，我還是痛苦地抬起笨重的頭，仰望著西園先生。

「咯！咯！」西園先生態度惡劣地發出笑聲。

想到自己的反應完全如西園先生所預料，我不禁討厭起自己。

這般情緒如伸縮棒般不停延伸，我咬緊牙根忍受著。

我甚至不甘於在這時承認自己的心情，於是抱著反抗的心站起來。

「還是不用了。」

「唉呦，我怎麼都不知道原來妳那麼討厭神。」

亂講！我一邊在心裡大喊，一邊猛力關上房門。關上門後，我背貼著門，等待著發燙的臉散熱。我屏住呼吸，貼在門上的指尖輕輕刮著門的表面。為什麼？我不明白自己為什麼會瞪大著眼睛，感到痛苦不已。

像在敲門似地，隔壁房間傳來敲打牆壁的聲音。

「我給妳三分鐘的時間，快出來吧。」

明明說要給三分鐘的時間，卻不停敲著牆壁催人。我忍不住抱起頭在心中吶喊：

「你到底想怎樣！」光是看見自己如此失去冷靜的表現，就讓人忍不住想哭。

但是，這麼一點小事有什麼好哭的！我抽著鼻子忍住不哭。

我打算向前踏出步伐，卻脫不掉鞋子。我困在玄關無法進到家裡，雙腳彷彿被鞋底吸住了。現在連肚子也痛了起來。我知道原因，也無法反抗。

最後，我只好轉過身打開門。

走出屋外後，西園先生從房裡探出頭，一副爽朗的模樣打招呼說：

「嗨！好久不見！」

西園先生的牙齒刷得潔白亮麗。

我討厭這個人，一輩子都絕對不可能喜歡他。

但是，我還是開了門。我無計可施。

「……請快一點。」

「什麼東西快一點？」

很久沒有這樣真的被惹火了。所以，我沒有看著對方，直接催促說：

「跟神先生有關的事……」

「再過一分鐘左右神就會回來，妳只要坐在那邊等，就可以假裝恰巧遇到他，和他開心聊天喔！太棒了！」

西園先生像在回應我的要求似地加快說話速度，話題也來得很突然。還有，他的嗓門大到不行。別說一分鐘，就算在距離公寓十分鐘遠的地方，也能聽見他的大嗓門。

我陷入驚慌失措之中時，西園先生摸著下巴，表示支持地說：「我很期待妳的表現。」

他平常說話顯得輕佻，總是給人沒有誠意的感覺，但這次帶著一些熱度。

「畢竟只要神有戀童癖的傾向，對我也有好處。所以，妳要常常露個內褲什麼的給他看。」

「你、你是不是白痴啊！」

「才不是白痴咧～」

西園先生開玩笑地這麼說之後，縮回房裡去。幾乎在那同時，公寓的院子裡出現神先生的身影。看到神先生的那一刻，我伸直右手，僵住不動。

可能是受不了悶熱的天氣，神先生捧著購物袋、垂著頭走路，根本沒發現我。如果不主動搭腔，他很可能不會發現我，就這麼走進房裡。我嘴巴開開地看著讓人思緒混亂的朦朧光芒，無力地站起身子後，頓時覺得自己彷彿化成一股熱氣在地面上晃動。

「啊，神先生……」

我試圖以開朗的態度搭腔，但聲音根本開朗不起來。聲音宛如綁上了鉛塊，直直往地面墜落。

當我察覺時，喉嚨像是被掐住似地緊縮不已，眼睛也睜大著。

神先生發現了我。

「嗯？喔～對喔，國中已經開學了啊。」

看見我穿著制服，神先生把目光拉向遠方。之後，他立刻露出滿面笑容。

我的心臟隨之扭曲變形，發出不規則的跳動聲。

「大學還在放暑假喔，羨慕吧！」

「喔……」

我感到呼吸困難，連簡短的回答都無法順利說出口。

「不過，大學也比較晚才放暑假就是了。」

神先生一邊笑著說，一邊抓住門把。看見神先生的舉動後，我焦急地再踏出一步。

「呃……神先生……」

我含糊不清地喊了名字。神先生說不定根本沒聽清楚我說什麼，但還是回應了。

「嗯？」

開門開到一半時，神先生移動視線看向我。我吃驚地抖了一下肩膀。

「有事找我？」

「啊……」

我根本沒事，如果回答「是」會是在說謊，但如果回答「沒事」又顯得怪。應該會很怪吧？

「怎麼啦？」

神先生走到我的身邊來，低頭看著我的臉。這樣的舉動害得我的喉嚨縮得更緊。

我一副呼吸困難的模樣，嘴巴不停地開開合合。

視覺神經似乎也錯亂了，視野無法保持穩定，一下子變窄，一下子變寬。

或許是看見我這副德性，察覺到我根本無法冷靜說話，神先生的視線在空中遊走了一會兒。

之後，他指示我說：

「嗯……先坐一下吧。」

在神先生的催促下，我往後退地移動到牆邊後，壓住裙子蹲下來。

不知道是不是整個人緊縮過頭，我發現耳鳴的現象變嚴重了。

在那之後，神先生瞥了一眼手上的購物袋說：「反正沒有生的東西，不用冰也沒關係吧。」跟著在我旁邊坐下來。神先生抓著地面上冒出來的雜草，猶豫著要不要拔下來，但最後縮回手決定不拔。他保持面向前方的姿勢說：

「等妳想說的時候，再跟我說吧。」

「……好。」

神先生的貼心表現讓人感到開心，同時也覺得沉重。

快說話啊！我急得像熱鍋上的螞蟻，但就是不知道該說什麼。

以前明明可以正常交談的啊。這般想法如毒液般侵蝕著我。

我覺得自己似乎變成一台老舊不堪的故障機器。

「對了，西園剛剛是不是先回來了？」

「啊，喔，應該是。」

因為過度慌張，我不禁回答得含糊。我忽然覺得好糗，忍不住低下頭。

「我在這！」

「你不用來！」

神先生把敞開的房門推回去，準備衝出門外的西園先生被夾在門縫裡。這個人怎麼老是被夾住啊？西園先生一副痛苦的模樣吐著舌頭。他的舌頭和目光都對準我，我不由得皺起眉頭。西園先生的態度像是在煽動我做些什麼。

「消失吧！咚鏘～～～」

「那是我要說的話吧！」

西園先生留下詭異的叫聲後，把頭縮回房裡，並關上房門。

四周變得一片寂靜，微弱的蟬鳴聲從遙遠的另一端傳來。

神先生保持手摸著膝蓋的姿勢，發愣地仰望天空。

我隨之抬頭看向天空，但天空尚未披上晚霞。不過，太陽下山的時間確實比之前來得早。

景色裡的夏季色彩逐漸轉淡。

先不說這個了，現在不是悠哉仰望天空的時候。

我明明很想見到神先生、很想和神先生說說話，實際見到他之後，卻不知道該怎麼做。神先生的興趣是什麼？我們之間有什麼共同話題？我什麼也不知道。

對於神先生，我真的是一無所知。明明一無所知，怎麼會覺得喜歡他呢？

「不會又是什麼沉重的話題吧？」

或許是看見我一臉想不開的表情，神先生儘管面帶笑容，卻有所戒心地問道。

「不是。」

但對我來說，這是沉重如背負地球存亡命運般的問題。

我的手臂發麻、胸口沉悶，也覺得肚子痛、脖子僵硬。

還有，眼前變得一片白。即便如此，我還是……

「呀～！」

頭頂上方突然傳來聲音，我縮起脖子往上看。

一道黑影，正確來說，有個人從天而降，而且，還一邊旋轉一邊降落。著陸後，那個人仍繼續打轉了好一會兒。從天而降的那個人是個女生，也是我見過的人。

停止打轉後，那個女生保持半蹲的姿勢扭動肩膀。她保持身體朝向前方的姿勢，只把肩膀和頭部扭過來，以不自然的姿勢看向這邊。打轉的動作讓她變得披頭散髮，模樣相當可怕。

女生的視線不是看向我，而是注視著神先生。

「原來你在這兒啊。」

「……妳就不能正常地走樓梯下來嗎？」

「因為我不正常啊。」

明明說自己不正常，她卻一副無所畏懼的模樣揚起嘴角。

「原來如此。」神先生一副難以置信的模樣，搔了搔頭說道。

「啊……」

神先生站起來了，他就要離開我的身邊。

我沒有留住他的能力。往前伸到一半的手察覺到我就快做出失控的行為，害怕地縮了回來。

「妳的腳不會麻嗎？」

「喝！」

女生踢出右腳使出旋踢，神先生往後退閃過攻擊。

「哪有人用實際動作回答的！」

「講話太麻煩了。畢竟腳的位置比較矮，頭的位置比心臟還要高。」

「聽不懂……」

神先生和那個女生嬉戲打鬧著。我很自然地握起雙手。

嬉戲打鬧。

我只能在一股彷彿頭部被緊緊壓住似的壓迫感之中，蹲著一直聆聽他們嬉戲打鬧的聲音。

神先生似乎已經忘了我的存在。

「喝！」

「現在是流行妳這種十秒鐘就會被撂倒的抬腳姿勢嗎？我在大學也看過。」

「會有一種莫名的平靜感覺喔，你也來試試看吧！」

這麼說完後，那個女生接續說出具有衝擊性的話語。

Kisuke。

那是神先生的名字。她說出神先生的女朋友曾經叫過的名字。

情況已經超出我可以承受的極限，隨著胸口開始發疼，我站起身子。

不論我站起來或做任何動作，神先生都沒有轉移目光看過來。我顫抖著眼角說：

「我還要去買東西……先失陪了。」

有人在聽我說話嗎？

我沒有確認這件事，急忙按住就快胡亂揚起的頭髮，快步逃出公寓。

我不得不逃跑。

我難以忍受。因為神先生看起來真的很開心的樣子。

也不覺得他必須為對方顧慮有的沒的。
能和這樣的對象相處肯定比較輕鬆，我也有自知之明，知道自己現在有多麼沉重。
所以，我選擇逃離這般現實。
抬起頭後，濕潤的感覺爬上鼻頭和眼底。
我怎麼會因為這點小事就想哭呢？
經過這個夏天後，我開始慢慢瓦解。
我身上的關節鬆動，整個人彷彿就快散了開來。

因為是突然決定，而且毫無計畫性可言，所以當然會這樣。我沒帶錢就來到超市，究竟想做什麼？我在超市裡晃來晃去，物色著根本不會買的商品。
如果腦袋空空的，至少可以好過一些，無奈我的腦袋裡彷彿塞滿了沙子，腳步也變得笨重。
結果在來到超市的路上，我還是哭了一下。就像打哈欠時會流淚一樣，一行淚從眼角滑落。我怕伸手擦了會淚流不停，因此任憑淚水淌下。臉上的淚痕接觸到飄蕩在超市裡的冷空氣後，宛如結了冰似的冰冷。淚水彷彿結成了薄冰，就快裂開剝落。

我不能立刻回去公寓，只好在超市裡繞來繞去，一邊走一邊思考。

至於思考什麼，當然只有神先生的事。

神先生只不過是對我親切了一點，我是不是就認定他是會溫柔對待我的人？如果原因真是如此，我必須說自己有著相當討人厭的個性。只要是個溫柔體貼的人，誰都好嗎？不，不是這樣子的。除了神先生之外，柳生先生也很溫柔啊。

神先生和其他人是有所區別的。

或許是因為我沒有掌握到神先生的全貌，才會如此情緒不穩。

要知道這個答案，唯一的辦法就是和神先生說話。但是，我又忍不住擔心起就算說話了，也只會重覆上演跟剛才一樣的狀況，我也只會自以為很受傷。因為一切無法如自己所願地進行，我甚至對神先生感到不耐煩，我真的很討厭自己有這樣的心態。

我一邊思考著這些事情，一邊從冰淇淋販賣區的前面走過。

這時，那個人從走道另一端走來。

「啊……」

我叫不出那個人的名字。她住在神先生樓上，就是剛才和神先生玩耍的女生。

過去我幾乎不曾和她說過話，所以不知道她叫什麼。

看來她也跟超市有約。

對方也立刻發現我，一雙左右大小不一的眼睛盯著我看。

「妳剛剛也在院子裡喔。」

「是……」

對方的臉上還留有凶狠的表情，像是個無時無刻不在生氣的人。

她的犀利目光宛如會曬紅肌膚和頭髮的夏日殘光。

「呃……」

我剛才逃跑已經夠讓人尷尬了，現在還叫不出名字來。

或許是我的小反應讓對方察覺到氣氛尷尬，她摸著胸口道出名字：

「我叫比內。」

「是，比內小姐……」

我是——我準備接著說話時，比內小姐開口說：「妳是木鳥。」

我和她幾乎連打招呼都沒有過，她是在哪裡聽到我的名字？

我們都沒有再開口說話，只是注視著彼此。

沉默之間，我想起幾天前比內小姐在神先生房間裡說的話。

還有一件事，神先生和我出遠門時，她為什麼會跟來？

事到如今，我才感到在意。比內小姐是真心的嗎？還是……

沉默地注視著彼此時，冷凍食品販賣區的冰冷空氣陣陣飄來，讓人不禁打起寒顫。

比內小姐低頭看著我，手臂上也起了雞皮疙瘩。

她動了一下嘴唇。

「哼～」

比內小姐的眼神沒有什麼改變，依舊發出看似不悅的目光，但嘴角浮現笑意。

她揚起的嘴角充滿攻擊的意味。

「怎麼了嗎？」

「妳好像很不喜歡我的樣子喔。」

身上的熱度頓時散去，但下一秒鐘頭部再次發燙起來。

話語宛如化為一把利刃在我身上劃出一道傷口，鮮血隔了幾秒鐘後才從傷口湧出。

即便表面上我再如何否定，也改變不了自己被點破心聲的事實。

為什麼我這麼容易被看穿呢？

「妳不用在意啦！反正我也沒有多喜歡妳。」

這句話也相當傷人，但我的情緒還來不及平靜下來，所以根本無法好好應對。

「沒那回事……」

「妳敢發誓？」

比內小姐彎著腰，把臉湊近到我的眼前。那模樣簡直就像毒蛇逼近。

路過的主婦瞥了我們一眼，說不定她是覺得有個怪人在找國中生的碴。其實事實相差不遠。怎麼辦？我感到一陣暈眩。

但是，比內小姐從正面瞪著我，害我也不敢左右移動眼神。

「我討厭妳這種人。來，說說看啊！」

西園先生也好，比內小姐也好，怎麼都這種態度！

為什麼大人可以如此傲慢，以為自己可以任性地對待小孩？

小孩並非那麼渺小，渺小到可以任憑大人擺布。

我必須承認，這般反抗的心態本身就是孩子氣的表現。

「我根本不在乎妳這種人。」

我用顫抖的聲音否定比內小姐的話語，也否定自己的心情。

這已經是我盡了最大努力的虛張聲勢表現，也是最狠的狠話。

「唉呀！」比內小姐縮回身子，一副感嘆的模樣摸著臉頰。

「比起說討厭對方，妳認為說謊才是正確的判斷啊？太可笑了。」

這個人怎麼有辦法接二連三地說出惹火人的話語？

她的外表或許美麗，但內在充滿著刺。

「妳在氣什麼？我只是要去買冰淇淋，剛好在樓下遇見喜助而已啊。」

光是聽到這個稱呼，就覺得心口一陣刺痛。

比內小姐彷彿在說：「妳懂了吧！」

「騙妳的。」

比內小姐一邊拿起盒裝的紅豆冰棒，一邊瞥了我一眼。

「我是因為看見妳和喜助在說話，為了打斷你們才那麼做。」

隨著犀利目光投來的話語，狠狠刺向我的喉嚨。

呼氣呼到一半又縮了回去，節奏不定的呼吸讓人有種噁心感。

下嘴唇不由自主地顫抖起來。

「這也是騙妳的。」

比內小姐的眼神絲毫沒有改變，我完全分不出什麼才是真話。

不過，我知道比內小姐還有一件事也是騙人的。

比內小姐像是覺得我的反應很有趣似地，只有嘴角浮現笑意，並拿起一盒又一盒的冰棒。她捧在懷裡的購物籃裡，一共放了五盒冰棒。她不可能吃得了這麼多冰棒，所以這也是騙人的吧。

比內小姐似乎已經拿好想買的東西，就這麼往收銀台的方向走去。走到一半時，她轉過身說：

「老實跟妳說好了，還有一件事是騙人的。」

我沉默不語地等待接續的話語，感覺像等著核對答案。

「其實我討厭人。所以，我應該也很討厭妳才對。」

果然沒錯。因為早有預料，所以我這次能毫無畏懼地接受這番話。

我沒有多喜歡妳，應該說我討厭妳——我早已察覺到這才是比內小姐的真心話。

她可以毫不理會對方的心情，大膽說出想說的話，這樣的表現甚至讓人感到羨慕。

我握緊拳頭，對著遠去的比內小姐背影說：

「我也是。」

我最討厭像妳這種大人了。

比內小姐在收銀台結帳時，我挺直背脊從她的身邊快步走過。

擦身而過時，察覺到自己和比內小姐的身高差了一截，差點就要咬牙切齒起來。

我衝出超市後，一路朝公寓狂奔。

身體使出的力道及僵硬感，逐漸化為一股近似憤怒的情緒。

那個人……比內小姐和神先生年齡相仿的事實，令人感到不甘心。

夕陽開始西沉，踏著夕陽回到公寓時，發現神先生還在。

神先生蹲在跟剛才一樣的位置，看見我出現後，緩緩舉高了手。

心臟猛力跳動一下。

「嗨～」

「神先生……」

「剛剛說話說到一半，覺得對妳有點不好意思。」

神先生含糊地笑了笑。那笑容解救了我，我像是被吸引過去似地在他旁邊坐下來。

光是能得到神先生的溫柔對待，就覺得內心充滿溫暖。

「咦？」神先生伸長脖子看向我的手邊。

「妳不是去買東西嗎？」

「咦？」

「我看妳手上沒拿任何東西。」

神先生甩了甩手說道。原來他聽到了啊……我不禁有些尷尬起來。

「我本來是想買東西，但是……呃……忘了帶錢包。」

一方面因為想起比內小姐剛剛的發言，所以我決定說實話。

「跟海螺小姐(註8)很像耶。」不知道為什麼，神先生一副佩服的模樣點了點頭。望著神先生的側臉，我心中升起一股焦躁的情緒。

我很想問個明白。

你和比內小姐是什麼關係？你們是男女朋友嗎？

我還沒開口詢問，已經感到一陣暈眩。萬一神先生回答「是啊」，我該怎麼辦？我根本不可能當作什麼事都沒發生，讓心情有個了結後，理所當然地繼續過日子。到時候我會變成怎樣？

可能也不能像現在這樣了吧？想待在神先生的旁邊也不行。

這樣的夏日或許再也不會出現。

眼前一陣天旋地轉。轉著轉著，眼眶裡開始發熱。就好似汽車引擎不停轉動，並發出摩擦的聲音。

眼球彷彿就快磨破了。

在這樣的狀況下……

註8◆海螺小姐（サザエさん）為日本家喻戶曉的動漫作品，也多次被改編成真人戲劇和舞台劇。海螺小姐為故事的主人翁，其髮型獨特，個性開朗活潑，但因為是個急性子，所以經常做出冒失的舉動。

當我察覺時，肩膀不住地顫抖著。淚水奪眶而出，淹沒了鼻子和嘴巴。被淚水包圍的眼球彷彿就快融入光芒之中。

我突然哭了起來。

這樣的行徑太詭異了吧！儘管腦中浮現這般想法，還是止不住淚水。

「喂！妳沒事吧！」

神先生也顯得驚慌失措。看見我如此情緒不穩定的表現，他當然會有這樣的反應。

我也很想讓情緒安穩下來，但憑我自己一個人根本做不到。

我感觸極深地抓起神先生的手，並緊緊握住。

「請陪在我身邊。」

我的兩手緊緊夾住神先生的手，我好不容易擠出任性的話語。

淚水模糊了神先生的手的輪廓。

「我會陪妳，只是……沒事，我會陪著妳。」

神先生似乎有什麼話想說，但最後還是接受了我的任性要求。

我就這麼握著神先生的手，沒出聲地一直哭。

「妳媽媽如果現在回來，會不會以為是我害妳哭的啊……」

我哭著哭著，忽然聽到神先生嘀咕的聲音。媽媽有可能會這麼想。不過，她這麼想也沒錯。

真的是神先生害我哭的。即便神先生沒做錯任何事，也改變不了這個事實。

好痛苦、好難過。但是，我還是希望你陪在我身邊。我不要你離開。

好想像個小嬰兒一樣放聲嚎啕大哭。原始的情感劇烈地撼動著我。

我渴望著打從出生以來，從未被滿足過的某種情感。

在那之後，神先生一直默默地陪著我直到停止哭泣。

他沒有問我為什麼哭，我知道這是一種體貼的表現，但也感到悲傷。

神先生不願意踏進我的內心世界。

領悟到這點後，我不禁覺得神先生溫暖的手並不是只屬於我一人，內心忐忑不安了起來。

隨著不安的情緒湧現，我像鳥兒踢著樹枝飛起似地鬆開了手。

「沒事了嗎？」

「是，我沒事了。」

我抽著鼻子答道，彎著腰走到白家門前。

神先生保持坐著的姿勢目送我離開，並說出鼓勵的話語：「雖然我不知道妳怎麼了，但記得去洗把臉啊！」

我對著神先生深深行了一個禮後，打開門走回屋內。雖然到最後什麼也沒解決，但大哭一場後，心情變得開朗了些。我照著神先生的建議先洗了臉，鏡子裡映出布滿血絲的眼睛。

不知道多久沒有在人前哭泣了。一方面因為環境因素，我早已經習慣不去看渴望得到的東西，也一直茫然地認為自己很懂得忍耐。然而，現在這層外殼瞬間被掀開。抓起面紙擤了擤鼻涕丟進垃圾桶後，我發起愣來。

我癱坐在地板上，抬頭仰望著天花板，忽然察覺到自己嘴巴開開的，心想此刻的表情應該跟張大嘴巴等著昆蟲飛過的青蛙很像。或許我正等著神先生來施捨親切給我也說不定。

回顧這段時間發生的事，大概能感受到神先生和其他人有何不同。

神先生的親切純粹是一種付出，他不會向我要求對等的回報。

這點和其他人大不同，所以，我才會產生好感。

不過，反過來說，這也證明了他對我既不抱有期待，也不感興趣。

他對我沒有任何想法。

任何我希望他有的想法，他都沒有。

這也是我必須接受的現實之一。

我抱膝而坐，面對自己。

只要一一正視事實，得到的結論不會太多。

我大概是喜歡神先生。

或許不該說大概，應該說我絕對是喜歡神先生。這什麼亂七八糟的結論啊！我這麼想著，但其實心裡是明白的。

因為這樣，我才會討厭比內小姐。

釐清這兩件事後，覺得壓在胸口上的石頭輕了一些。

現在，我比較沒那麼難懂了。

即便像在繞遠路般，無法很快變成大人，我也不想變得虛假。

幻變的光雨　Off-White
燃燒黑夜的白晝　Sunlight Yellow
以及反覆流轉的季節鐵籠　Cerulean Blue

第五章

Kisuke，我喜歡她這麼叫我。

除了家人之外，只有她會直呼我的名字，我很喜歡這種特別的感覺。Jin這個姓氏本身聽起來很像名字，而且很容易發音，所以大家習慣叫我Jin也是理所當然的事。不過，她沒有跟著大家走。或許是為了表示親密，也可能是為了向周遭強調我們的關係親密，她會叫我Kisuke。這讓我很開心。

聽到有人叫我Kisuke，不須確認也知道對方是誰。我只要真情流露地面帶笑容轉身就好。我和她之間存在著無條件的信任，我毫不懷疑地認同這個事實，最後自我膨脹到變得遲鈍。對於人際關係，我變得不再敏感，也懶得從不同角度重新面對她，這些都是我自願的。我萬萬沒想到自己有一天會毀滅，把一切打回原形。

現在回想起來，不禁覺得當時的關係有如好幾條蛇糾纏在一起似地錯綜複雜，並且帶來莫名的寒意。

建立更深一層的關係——這樣的說法或許中聽，但那是指為了在對方的心裡更牢牢地扎根，而一步一步地往下挖。然而，在對方心裡牢牢扎下的根早晚會乾枯，最後落得被拔除的命運。

扎下的根被拔除後，心裡就這麼破了個洞，而她沒有那麼濫好人，願意幫我填滿破洞再離開。

不論關係再深、隔閡再薄、交集再多……

說穿了，終究是他人。

夏天即將如彗星般消逝而去，這也意味著大學的暑假就快結束。

寂寞的九月中旬。雖然當上大學生後時間變得自由，但放假還是會覺得開心，也不希望假期結束。我抱著甚至感到依依不捨的心情，感受著拉長夏季尾巴的陽光照在背上，爬上階梯。

轉動門把後，發現沒有上鎖，我迅速走進屋內。

「你來得也太慢了吧，喜助。」

「…………………………」

比內從屋內投來抱怨的話語。她像是被釘在懶骨頭沙發上，呈現く字形陷在沙發裡。我原本滿肚子的反駁話語，但看見比內讓四肢浮在半空中、上下擺動的模樣，不禁說不出話來。更大的原因是，原本在我體內流竄的一股濁流，因為室內顯得過強的冷氣而凝固了。

「我看到之後就立刻上來了，不然妳還要我怎樣？」

就算妳透過垃圾桶命令我「立刻過來」，那張紙條也不見得會立刻轉送過來啊！說實在的，我不知道垃圾被轉送過來的時間固不固定。雖然很想實驗看看，但畢竟只有比內知道垃圾桶的祕密。不過，柳生應該或多或少也有所察覺。

話說回來，其他住戶會不會過得太隨性了？一般人應該會更在意才對。

「看之前就應該先過來。」

「這要求太無理了。」

難道妳要我一整天都待在這個房間裡嗎？我什麼時候變成妳的僕人？

紙條上只寫著「立刻過來」，根本沒註明要寫給誰。明明如此，我卻能猜出對象和狀況並立刻前往，可說表現得相當熟練。不是我愛說，我都覺得自己沒出息。

仔細一看，發現垃圾桶的旁邊掉了兩張字條。我猜想八成是比內沒丟準，才會掉到垃圾桶外。

還有，房間角落多了一個以前沒看過的炸豬排造型布偶。我不禁感到意外，比內竟然有欣賞這類東西的想法。

「我想吃冰淇淋，而你有辦法把冰淇淋送到這裡來。你應該明白這兩件事代表什麼意思吧？」

「完全不明白。」

不過，待在這裡挺不錯的。冷氣的力量打造出不同的世界，真是太神奇了！我沒有轉頭離開，而是忍不住坐了下來。地板冷得像冰塊一樣，但不會給人不舒服的冰冷感覺，這就是夏天的奇妙之處。如果是冬天自然形成的冰塊，絕對不會讓人想伸手觸摸。

「哇～真是太奇妙了！」

「再奇妙也比不過你，你竟然就這樣坐下來。看你是要去買，還是要離開，趕快行動。」

比內一邊上下擺動四肢，一邊表示抗議。倘若可以在那樣的狀態下死去，就某種涵義來說，應該算是一種無上的幸福——看著比內時，我忍不住這樣想，可見她的模樣有多麼墮落。不過，那姿勢應該很容易傷到腰。

「喜助。」

「……………………」

「喜～助～我允許你先拉一下我的手或腳，讓我坐起來。」

四肢上下擺動。

「……唔！」

這女人毫不客氣地把人叫來，還直呼我的名字。

不知不覺中，比內開始會直接叫我的名字「喜助」。她彷彿看穿了我的內心，知道我會在意被直呼名字，也會覺得心頭癢癢的。從一路來與比內的互動之中，我感受到她的觀察力不容輕忽。問題在於就算我了解她，也改變不了她的個性。憑她的個性，完全不會有「因為別人不喜歡，所以我要控制自己」的想法。

之後，比內像是發現什麼似地突然挺起身子，接著整個人貼在地板上，那模樣簡直就像夏天時貼在窗戶上的壁虎。比內把臉轉向側邊，似乎在偷聽樓下的動靜……樓下是我的房間，而我人在這裡耶。比內的臉被垂下的頭髮蓋住，所以看不見她的表情。大大的右眼珠在頭髮的另一端轉動著。

我也在意起來，跟著當起壁虎二號。冰冷的空氣裹著肌膚，讓人很想就這麼一直貼在地板上。

「妳聽到什麼動靜了嗎？」

「安靜。」比內簡短地出聲制止。她的動作顯得習以為常，也可以說感覺很熟練，讓人不禁開始猜測，她不會是平常也這麼做吧？偷聽我自言自語有什麼好玩的？不過，直覺告訴我，不要深入探討比內的動機，因為想了肯定也只是白想一場。

對了，幾天前比內突然跳下來從窗戶進到我房間，她該不會也是——

「問妳一下。」

「女生的聲音，而且很年輕……應該是她。」

比內從地板上跳起來。這女人太恐怖了，她沒有做出任何準備動作便直直往上飛起來。在我感到驚愕不已時，比內已站起身子，赤腳走過玄關往屋外走去。「女生？」瞥了一眼少了主人的懶骨頭沙發後，我在掌握不到狀況之下，跟著比內走出屋外。在那之前，我猶豫了一下要不要趁現在跳上懶骨頭沙發。

比內就站在離門口不遠的位置，我學著她的姿勢抓住二樓的扶手往下看。這時，眼前出現正準備走回家去的少女身影。少女低著頭在地面落下影子，似乎沒有發現我們在她的頭頂上方。

「是木鳥啊。」

可能是剛剛放學回來，木鳥身上穿著制服，手上也還拿著書包。她看起來似乎不停地搖著頭。

「果然是她敲的聲音。她剛剛好像在敲你家的門。」

我剛剛的位置比較接近玄關，照理說是我比較聽得到聲音，真不知道比內的耳朵是什麼構造？是因為擁有動物的野性嗎？還是因為她很誠摯地在面對這個世界，才會擁有特別敏銳的感性？

「她會不會是找我有事？」

「她只是來跟你拋媚眼而已。」

比內繞到我身後貼在我的背上，眼神越過我的肩膀觀察狀況。她以犀利的話語如此斷言。

姑且不論這是不是木鳥的真正目的，但比內毫不客氣的說法讓人感到困惑。

「不是我愛說妳——」

比內像是要阻止我說話，在我的嘴唇前豎起食指來回擺動。

她的指尖、手臂和頭髮，都因為冷氣過強而變得冷冰冰。

我明顯感到一股寒意從背後爬過。

「她的性情比你想像中的更激烈，勸你不要掉以輕心。」

「……性情激烈啊。」

表面上看起來，木鳥似乎跟這樣的形容沾不上邊。不過，比內本身就是性情激烈的最佳化身，她如此斷言反而令人覺得可信度極高，畢竟人類對於同類總是比較敏感。姑且不論對方是敵是友，對於與自己相近的對象，很難不去關注。只不過，我不覺得比內和木鳥很像就是了。

「妳說不要掉以輕心，但我怎麼知道要小心什麼？」

「以身高來說，要小心肚子旁邊。」

比內拍了拍我的側腰。妳在說什麼啊？我瞇起眼睛這麼想時，看見木鳥走回房間裡。在那之後，比內從我的背上挪開身體。她身上的冰冷空氣隨之被帶走，我不禁感到有些失落。

比內也跑回房間，我想她應該是打算回去，卻發現她立刻折返回來。比內的手上拿著遙控器，正常人不會把那種東西帶到外面來。不正常的比內把遙控器架在腰上朝我跑來，接著用力刺向我的側腰。雖然不怎麼痛，但我痛苦掙扎了好一會兒後，回過神低頭看向遙控器。

「妳該不會是在做排練吧？」

「我是在告訴你何謂危險。」

牛頭不對馬嘴。我原本這麼覺得，但思考了一下後，發現並非如此。

不過，我忍不住噗哧笑了出來。

「木鳥會拿刀子刺我？別鬧了～」

「呵呵呵。」

我們兩人不約而同地聳了聳肩。不過，聳肩的涵義應該大不同。

「評價這麼差啊。妳跟木鳥感情那麼差嗎？」

「我和她根本沒有好好說過話，哪有什麼感情好壞可言……不過，我很肯定自己不會喜歡她。」

比內斬釘截鐵地說道。對於這點，我無法表示同感，但心中出現一個疑問。

「基本上，妳喜歡人嗎？」

我總覺得比內的內心保有乖僻的部分，那從她的眼神和嘴角藏不住地流露出來。我從沒看過這女人放下戒心。

「這個嘛～」

比內注視著我，臉上浮現邪笑。她直直看著我，彷彿要看穿我。

比內的視線動也不動，也不開口說話。我被這般氣勢壓倒，戰戰兢兢地比著自己的下巴說：

「Me？」

「You～」

比內掌心向上地伸出手臂。

看見直直頂出的手指，我的心臟像是長出腿似地想要轉頭逃跑。

我想起比內親吻過我的手背，不禁心頭一陣發癢而別開視線。

「……別跟我開玩笑了。」

聽到我這麼說，比內甩了甩手。

「當然是在開玩笑囉。不過，開這種玩笑應該還不錯吧。」

「哪有不錯……」

反駁到一半時，比內往前踏出步伐。她像在鑽洞似地把臉湊到我眼前，我不禁想往後退，但背後的扶手不讓我逃跑。比內在近距離之下，抬高下巴仰望我，犀利的目光讓人招架不住。基本上，距離也太近了吧！

「妳太不小心了吧，靠這麼近。」

「我才不怕。你什麼也不敢做。」

比內伸出手指觸摸我的下巴，食指在下巴的前端來回撫摸。

屋外的空氣和比內身上的冰冷空氣互鬥之下，溫差讓人起了雞皮疙瘩。

比內臉上浮現帶有嘲笑意味的笑容，使出言語攻擊：

「就算我無所謂，你也不敢接受。我早就知道這點，才會毫不在乎地這麼說。就算離你這麼近，也沒必要害怕。」

「妳說什麼！」

「像你這種人，就是大家口中說的『沒膽』。」

比內抓住我的下巴，毫不猶豫地用言語朝我砍了一刀。

言語的刀刃從下方劃開我的喉嚨。

比內硬是壓下我的反駁，我不禁啞口無言。下巴彷彿就快被捏碎似地疼痛不已，眼前的景象天旋地轉。

說我被擊中了要害會是正確的說法嗎？

應該是吧。我帶著苦澀的心情在心中表示肯定。

除非被擊中要害，否則不會帶來如此大的衝擊，讓人就快變得意識朦朧。

保持近距離的狀態之下，我和比內僵住身子好一會兒。

和比內互相注視時，我不禁陷入一種她的目光像是會發出聲音的錯覺。

腦袋深處傳來了蟬鳴聲。

比內推著我的肩膀拉開距離，冰冷的空氣在最後從頸部輕輕拂過。

比內走進屋內，在準備關上門的那一刻轉過頭，面帶嚴肅的表情說：

「你如果要進來，就快點進來。」

不知道為什麼，比內沒有踹我走。雖然很猶豫，但冰冷的空氣從手臂輕拂而過，帶來誘人的寒意。

門的另一端，跟方才一樣的冰涼勾勒出房間的輪廓。比內陷在懶骨頭沙發裡，我則是坐在牆邊。我彎著膝蓋、弓著背，低頭摸著腳趾。

我沒參加過社團活動，所以不確定用輸贏來形容此刻的感受是否貼切。輸掉比賽時就是這種感覺嗎？我忽然覺得，身體似乎從胸部和腹部之間的部位開始漸漸瓦解。

我被打垮了。怎麼說呢，總覺得自己的心漸漸枯萎。

我沉默不語地背對著比內。身上的汗水乾了，腦袋也冷靜下來。鼻子輕輕一嗅，聞到了比內的氣味。正確來說，應該是比內穿的衣服所散發出來的洗衣精或柔軟精的香味。她剛剛貼在我的背上時，我也聞到一樣的香味。那香味不甜，但會竄進心裡。

之前來到比內的房間時，空氣隨著狂風暴雨般的時間到處奔竄，所以沒能冷靜地去好好感受，現在才發現房裡的空氣如一陣冰涼又輕柔的涼風，跟房間主人給人的印象完全相反。

……不，這種氛圍或許表現出了比內的本質。

激烈的舉動和個性或許只是為了護身的盾牌。

這是很有可能的事。我的眼睛只長在我的臉上，沒辦法從多個角度看東西。正常來說，最多只能看到一面。所以，一定會有很多預料之外的不同面向。

包括我在不久後說出的讚揚話語也是。

「……妳真厲害，竟然會知道。」

老實說，我深感佩服。每次和比內碰面，我們不是玩鬼抓人的遊戲，就是幼稚地打來打去，老是做一些無聊的事情。

我明明從未提過自己的事，她怎麼會知道？

她怎麼會知道我在嚐過分手的痛之後，就變得膽小？

「因為年紀大，所以看得多？」

「跟年紀無關，純粹是因為我本身是個天才。」

我瞥了比內一眼。不知羞恥地表現出傲慢態度、自稱是天才的她正陷在懶骨頭裡，四肢甩來甩去，那動作讓我聯想到小時候在水族館裡看到的海葵。我竟然是被這副德性的人看穿了內心，那還是當作沒看到才是聰明的決定。

好了，既然決定當作沒看到，就只針對比內的慧眼做出評價。

名為比內桃的女人果然擁有敏銳的感性，那些詩篇即是其中一小部分。

如果比內真的擁有能識破一個人本性的智慧，就可以解釋她的殘暴態度。

深入了解人性後，當然會變得張牙舞爪。

「我說喜歡你……就算那是騙人的好了，但我對你很感興趣是真的。」

聽到比內提到我，我抬起頭看。比內維持原本的姿勢，視線看向天花板。

早知道就沒必要特地抬起頭看。

「你太值得捉弄了。」

「這跟感興趣不太一樣吧。」

比內就像貓咪抓到無力的玩具般目光發亮，這樣我很困擾耶。

「如果是你，不論做出多麼誇張任性的事情，你也不敢傷害人。」

又被罵了。妳已經罵了夠多次，多到足以讓人反感。

就連我這樣的反應，她也覺得有趣。

「你這種人是很珍貴的，無臭無味又無害。有一個對象可以單方面地發出攻擊，真是太棒了！」

「……………………」

我沉默不語地站起身子，走近比內。在她看向我的那一刻，往前撲去。

不知道比內會露出什麼樣的表情？虐待狂似的期待，使得我的腦漿沸騰。

我抓住比內的肩膀，把她壓在懶骨頭上。比內的身體陷得更深，無處可逃。

房裡的牆壁變得扭曲。我不再用耳朵聆聽，而是用頭頂去感受聲音，視野隨之變得狹窄。

我感到飢渴，嘴裡不停發出牙齒互撞的聲音。

如此不鎮靜的表現是因為情緒高漲，還是恐懼？

比內靜靜地放下四肢，沒有抵抗，表情沒有一絲變化。

只要她有那個意願，明明可朝向我毫無防備的腹部狠狠踹一腳。

比內在害怕？不，根本不是那回事。

她是不以為意。

如剛剛所說，我什麼也不敢做。比內的表情說出她對這點深信不疑。

比內堅信自身的觀察力。

她的堅信不會被撼動，沒有一絲動搖。

我有種望著無風水面的感覺。

「喜助真是個笨蛋，竟然自己靠近『害怕的東西』。」

一點也沒錯。很明顯地，是我看起來比較害怕的樣子。

比內的犀利目光讓人看了想逃。現在是我被掠食者抓住了。

「真是遺憾喔，你沒能看到期待中的反應。」

比內揚起嘴角，一副贏得勝利的得意模樣。她連這個也識破了？想到這點，我忽然覺得再也撐不下去。

我整個人癱軟下來，把額頭貼在比內的肚子上。我以為比內會推開我，但我沒有遭受任何攻擊。

眼前依舊保持著一片黑暗，比內房裡的香味感覺變濃了。

每聞到香味，就有一陣涼風從鼻子往額頭竄去。比內連身上的衣服都是冰的。

「你不要趴在我身上哭喔。」

「……不會哭啦。」

我的情緒還不至於劇烈起伏到想哭的地步。

即便如此，還是覺得身體彷彿下一秒就要徹底瓦解。不過，身體某處做起重建工作，零件一個一個地被固定住。

「……我有些能體會有戀母情結的人的心情。」

「這什麼感想啊！」

我深刻體會到與人接觸是一件多麼重要的事。

所以，我不希望重要的人失去性命，我也不想失去性命。

我竟然會有這樣的感受。

不可思議地，比內帶給我安心感，而我也毫不抗拒地接受。

如果比內就這麼伸手抱住我的頭，就算她要帶走我的靈魂，我應該也會毫不遲疑地答應吧。

「……………………………………啊～」

靜靜地呼出長長一口氣。

在正常的狀況下，人們只能捕捉到對方的一面。

比內從看得到的一面，強硬地深入到對方的內心深處。

這種做法當然會讓人感到不安。她的任性舉動會讓人覺得生氣，也會感到丟臉。

不過，在那同時，面對一個深入理解自己的人，當然也會卸下心防。

不然有誰會理解我？就算求人，也不會有人理解；如果什麼都不做，更不可能有人理解。

人們都希望有人理解自己。除了空間之外，在人際關係上擁有屬於自己的地方也很重要。

「……欸。」

「怎樣？很重耶。」

「我把頭埋在妳的肚子上，而不是胸部，妳不覺得這種表現很謙虛嗎？」

「呿！」

比內狠狠踹了我一腳。我整個人滾到了牆邊。原本預定要煞車的，結果不小心膝蓋撞上牆壁。

我就這麼倒在地上，像蟬的幼蟲一樣把身體縮成一團，沉浸在餘韻之中。

「…………………………」

先把我是不是喜歡比內這個問題擱在一旁。

喜歡一個人應該就是這麼回事吧。

想一直喜歡自己喜歡的人。想得到慰藉。想被理解，也想理解對方。想待在對方的身邊，也希望對方陪伴在身邊。或許可以觸碰到彼此的心，互相產生某種有機化學變化。期待、自保、成長，這一切交雜在一起的心情猶如河水一心一意地流向下游般，往產生變化的方向奔流。

喜歡一個人並非只會讓人難過。

不，事實上，或許只會讓人難過吧。不過，喜歡上某人是理所當然的事，也是無法控制的事。所以，如果不抱持著「喜歡一個人會讓人開心」的想法，那就算想撐也撐不下去。

比內的肚子讓我有了這樣的體會。

她的肚子告訴我快下定決心，不要膽小害怕！

謝啦，肚子！如果這麼說出口，比內應該會跳過瑣碎的解釋直接揍我。

不過，我同時覺得不甘心。比內老是想說什麼就說什麼，就算她說的話都是事實，聽了還是會生氣。我的修養沒那麼好，不可能因為她說的話都正確、都有道理，就什麼都接受。

我按住額頭想：「至少要報一箭之仇！」一片黑暗之中，我在記憶裡翻找著。

「呃……星光燃起的時間裡，我們尋找著回家的路。從清晨一路迷路到現在，筋疲力盡的我們……大師，然後呢？」

比內沒有回答，取而代之地傳來在地板上高速爬行的聲音。「哇！」我沒有回頭確認，直接拔腿逃跑。唰嘎唰嘎的爬行聲音緊追在後，我不願意去想像比內以什麼樣的姿勢在追我。

就這樣，唰嘎唰嘎的聲音追著我到天長地久。

雖然有過這麼一段追逐，但我還是在比內的房裡待了好一段時間。我什麼也沒做，只是放鬆心情地坐著。

「這裡真好，太讚了。」

「純粹是因為很涼快吧。」

小腿甩來甩去。

「嗯，一點也沒錯。」

盡情享受涼快之後，我離開了比內的房間。

不知道為什麼，比內也跟著走出來，而且跟著我一起走下樓。我不禁感到新鮮，因為以她最近的舉動來說，都是用跳的下樓。走下樓時，正好遇到一群小學生吵吵鬧鬧地經過人行道。望著小學生的身影，比內開口說：

「放學回來的小朋友們……散發出我早已失去的耀眼光芒跑遠……宛如一道……Milkyway……」

「妳這樣瞪著看，還一邊碎碎念，會嚇壞Milkyway的。」

因為早預料到會遭受重重一擊，所以我邊說話邊往後退。看見比內不出所料地朝這邊甩來巴掌，我的臉上忍不住浮現笑意，也順利閃過巴掌。對比內來說，甩巴掌應該就跟打招呼沒什麼兩樣吧。我知道比內一定會繼續使出攻擊，所以早已預先彎著腰。我就這麼往後逃跑，但比內迅速移動腳步，跑到我的房間前占住了這塊地盤。她在胸前交叉著雙手，擺出不動如山的姿態。

「喂！妳太賊了吧！」

這樣算是在埋伏耶！

「你偷聽人家的自言自語才更卑鄙吧！」

有沒有搞錯啊？妳自己說得那麼大聲！

「算了。」

沒辦法，我只好搬到二樓去囉。踏上階梯時，比內似乎察覺到我的目的，火速採取了行動。比內飛快地衝來。快速、可怕、毛骨悚然，所有必備要素她都有了。她保持在胸前交叉著雙手、上半身不動的姿勢跑來。救命～我們兩人像小雞一樣在四周不停地繞著圓圈。

「反正妳也沒事可做，不是嗎？既然都下樓了，等一下！別打人，先聽我說！」

被當成閒人看待，讓比內更加怒氣難消，她加快追人的速度，我也隨之加快腳步。剛剛難得保有一身的涼爽，一下子全沒了。身體的熱度隨著雙腳的動作，也越變越熱。這女人怎麼每次都這樣！不過好像是我不對喔……我一邊感到內心糾結，一邊持續奔跑。

一場嬉戲打鬧總算結束（在背部被狠狠甩了一巴掌之後），我扶著膝蓋喘個不停。我沒有騙人，真的跑了很久，體力消耗到讓人喘個不停。愚蠢至極啊～比內也擺著跟我差不多的姿勢，她的眼神發亮，咬緊牙根地露出白牙。現在如果有一塊生肉在她眼前晃來晃去，她肯定會一口咬住。耳邊彷彿傳來低吼的聲音，但應該是我多心了。

大大喘了口氣後，我抬頭一看，發現褪了色的太陽已漸漸西沉。

雖然天氣依舊悶熱，但日落的時間確實提早了。

真的在轉動呢。不論是地球或地球外，一切都在轉動。一切必須流轉，否則只會停滯不前。

「……人們也是。」

這麼低喃後，我忽然察覺到視線而轉過身。出現在視線前方的不是比內，而是個子比較嬌小的少女。可能是正準備走出屋外，少女把門推開到一半，從門後探出頭來。對上視線後，少女靜靜地關上房門，縮回了屋內。少女像在鬧彆扭似的目光，最後是看向比內。

「那女生似乎也討厭我。」

不知道為什麼，比內顯得有些開心地說道。我很想說是比內想太多才會這麼認為，但她的發言似乎是事實。

「……妳看起來跟我很要好嗎？」

「不知道耶～」

比內保持著愉快的心情帶過問題。是說，我們看起來應該不會覺得不要好吧。

至於木鳥看在眼裡是什麼感受……感覺又是一個令人頭痛的問題。

我振作起精神，打開沒有上鎖的自家房門後，垃圾桶橫躺在滿出來的垃圾堆裡迎接我的歸來。

滾落在地的垃圾桶恰恰好正面對著我。看見前女友隨意寫上的「神」字，我臉上浮現苦笑。

走進房裡，在濕熱的空氣籠罩下，我一如往常打掃起垃圾。一堆紙屑和髮絲，數量多得簡直像在折騰人。在跟樓上大不同的悶熱房間裡，我低著頭收拾垃圾。收著收著，我忍不住想：「為什麼我非得做這些事不可呢？」

從垃圾堆裡拿起一張看似國中生講義的紙張。講義背面的白紙上，寫著我的名字「神Kisuke」。那是木鳥的筆跡。

「……我沒跟木鳥說過漢字要怎麼寫啊。」

木鳥是抱著怎樣的心情寫下我的名字呢？

遲早有一天，我必須面對這件事。

收拾好垃圾後，我拿起垃圾桶。前女友在垃圾桶上大大地寫著我的名字。到了現在我才發現一件事，為什麼上面不是寫著「喜助」？

「為什麼呢……」

我想不起前女友是在什麼時候寫的。

是在我們的關係變得親密之前嗎？還是在吵架時寫的？

回憶一點一點地風化，逐漸在我心中瓦解。
這也是理所當然的事。內心如果沒有隨著季節流轉，早晚會停滯不動，最後腐爛。
比內將識破我腐爛的內心，言語犀利地嘲笑我吧。
「…………………………」
我不討厭比內，不過，也有很多看不慣的地方。
我無法忍受被一個看不慣的傢伙嘲笑。
所以……
我把垃圾桶也裝進袋子裡，扛著走出屋外。
比內保持雙手交叉在胸前的姿勢，在屋外等著我。「她怎麼會在等我」的懷疑心情，以及「想也知道她在等我」的認同心情，參半地在內心湧現。不過，我卻不覺得矛盾，反而覺得有種模糊的美好。
我舉高裝了垃圾桶的袋子給比內看。比內瞇起右眼，用視線捕捉著「神」字。
「陪我去丟這東西。」
比內鬆開交叉的雙手，稍微瞪大了眼睛。踏出步伐後，她跟上前與我並肩而行。
「這是什麼樣的心境變化啊？」
「沒怎樣啊，只是覺得每次都要打掃很麻煩而已。」

這也是真心話。

在人行道上走了一會兒後，遇到一群小學生從旁邊跑過。小學生們邊跑著邊按防身警報器在玩耍。讓小學生攜帶那種東西，只會被當成玩具而已吧。

「欸，可以對Milkyway說句話嗎？」

「宰了你。」

這句話應該是對我說的吧。比內不是說「去死」，而是說「宰了你」，更讓人感到害怕。

我們都加快腳步，一下子就走到垃圾集中區。真是個生來破壞情調的女人。和如此可靠的女人站在一起，卻也頗適合垃圾集中區這樣缺乏情調的地方。

設在收費停車場角落的垃圾集中區裡，已經堆著一堆垃圾袋等著明天被收走。我手上的垃圾袋將加入陣容。

我帶著有些依依不捨的惜別心情放下垃圾袋。

垃圾桶在袋子裡滾動了一下，「神」字隨之出現。那是我的名字，也是前女友寫上去的字。

丟了垃圾桶之後，我的房裡將不再有任何前女友留下的東西。

儘管這不代表就能斬斷一切，我還是決定這麼做。

「……欸。」

比內按著頭髮抬起頭，毫無掩飾的率直雙眼看向我。

強而有力的目光朝我的喉嚨直直射來……好可怕。

即便如此，我還是鼓起勇氣提出請求：

「我是說真的，可以讓我讀妳的詩嗎？」

原本幾乎可說是為了看到比內的詩，我才會留著垃圾桶。

既然這條線斷了，再找另一條線接上就好。

我以為比內會當場拒絕並使出飛踢，卻發現她緊閉著雙唇，那模樣看起來也不像憤怒到忘記要踢人的地步。比內的嘴角顯得平靜，沒有充滿著怒氣，下眼皮和臉頰也沒有變得僵硬。我靜靜地看著這意外的反應時，比內伸出手說：

「你做得到嗎？」

「做得到什麼？」

夕陽照射下，比內的手背宛如白砂一般，我注視著手背反問。

直直伸出的手臂顯得虛幻耀眼，彷彿一座沙子堆成的橋。

「親吻。你如果做得到，我可以考慮考慮。」

我看了看比內伸出的手背，再看了看她的嘴巴。

難道現在流行親吻手背嗎？

我甚至不明白這跟讀詩有什麼關聯性？又不是這樣就等於在發誓願意服從。

「……妳確定不是要親腳背？」

「我幹嘛要讓你做會開心的事？」

誰會開心啊！比內揚起了嘴角，我不禁無法直視她，而在一股力量的推動下握住她的手。比內沒有抗拒。也對啦，畢竟是她提議的。總之，她沒有抗拒我。我抓著比內的指尖彎下腰，一隻腳跪在地上，宛如在發誓似地親吻她的手背。

嘴唇感受到冰冷的肌膚，一陣又一陣的電流在身體表面流竄。寒意如結成霜似地貼在背上，我一次又一次地打起寒顫。溫度差和鮮明的感覺，讓我的身體不住地顫抖。

空氣化為一顆球把我的喉嚨撐得鼓鼓的，呼吸也隨之停止。呼吸困難讓視野變得狹窄，注意力全集中到了嘴邊。在耳鳴變得嚴重的情況下，我聽見比內的手部肌肉抽動的聲音。

我的身體晃動，臉部隨之微微偏移，並清楚感受到比內的手的觸感。

我不知道應該親吻多久。比內允許我親吻這麼久嗎？

可能是缺氧，我的意識逐漸朦朧……自從和前女友分手後，我沒有再親吻過。

以前不論哪個部位，想親吻多久就親吻多久。我記得好像是這樣親的吧。

我不自主地伸出舌頭舔了手背，結果被狠狠敲了頭。
雖然不覺得痛，但敲頭的聲音太響亮，眼前劇烈地晃動起來。
我感到頭暈目眩，太陽像顆蛋黃般搖來晃去。
在晃動的視野中，我看見比內邊按住手邊瞪著我。
「誰叫你舔我了！」
「因為我剛剛快要不能呼吸。」
我找藉口地說道，並按住額頭，就像看著陀螺慢慢停止轉動似地，等待著視野停止晃動。
視野停止晃動後，我從額頭上挪開手。這時，比內直直盯著被我親吻過的手背，一副感到難以置信的模樣瞇著眼睛。她瞇起的眼睛犀利地瞥了我一眼。
「我看你的腦袋也相當不正常，不過是練習寫文章時隨便寫寫的東西，有什麼好執著的。」
或許是不喜歡說那是詩篇，比內選擇說出迂迴的謊言。
和比內並肩走著時，我試著說出內心的想法：
「原來妳正在學日文啊，難怪我會覺得妳這個年紀比我大的大姐姐，怎麼用字遣詞一點也不禮貌。」

比內沒有理會我的批評，一切就像無風的海面般平靜。真想把她的頭髮撩起來，抓一抓耳朵看會不會掉下來。腦海裡閃過這樣的念頭，但看見比內像察覺到動靜似地擺出備戰姿勢，我趕緊揮了揮手表示投降。比內能明確感應到敵意，簡直跟野生動物或昆蟲沒兩樣。

比內若有所思地抬頭看向我。

她瞇著眼睛嘟起嘴巴，臉上蒙著一層負面的情緒。

「不過，喜助，你是第一個當面誇獎我寫的詩的人。」

比內板著臉，保持嘟嘴的模樣說道。為什麼她的嘴裡明明這麼說，卻是一臉不爽的表情？

難道比內不知道要如何配合情緒露出表情嗎？她總是給人不協調的明顯印象。包括左右不對稱的眼睛，她就是少了股穩定感。

比內桃，我對她的了解不多。

她很有錢，不用工作，很年輕，個性奇妙。

一個會讓人產生好奇心的女人。

我無法否定她有吸引我的地方。

「妳拿給其他人看過嗎？」

「怎麼可能！」

比內扠著腰，憤慨地答道。她表現得止氣凜然的模樣，反而是我變得尷尬。

「如果是這樣，我當然會是第一個。」

既然如此，也沒必要裝模作樣地那麼說吧？不過，也沒什麼不好啦。

說話愛拐彎抹角的態度流露出比內的個人味道，包括這點在內，我都願意認同。

比內沒有覺得自己愛開玩笑，而是以泰然自若的態度毫不客氣地說：

「只要讀了我的詩，任誰都會放寬心地大聲讚揚。既然連喜助你這種感覺遲鈍的人都會產生共鳴，就表示這是很肯定的事。」

「對啦，妳說的都對。」

聽到比內的話語後，我臉上浮現苦笑，而不是感到難以置信的表情。

言外之意是，妳哪來的自信啊？看得我都快要羨慕起來。

歸途上回頭一看，發現已是日落時分。

溫和的燈光亮起，點綴著季節的尾巴。

我和比內一同走在夏季接近尾聲的日子裡。

「木鳥～我回來了～」

「妳回來啦。」

「我今天撿了垃圾桶回來喔～」

……咦？

（完）

後記

說到懶懶熊，真的很可愛喔～

不過，角落生物也很可愛。還有，熊本熊也很可愛。地球冒險遊戲裡面的土星人玩偶也很可愛。ＪＡ銀行的金魚吉祥玩偶也很可愛。麻雀玩偶也很可愛。我想表達的就是，都很可愛。

我的原動力是什麼？想來想去，應該是憤怒的情緒吧。我要變得更快樂、更了不起、更超人！在這般想法的驅使下，當對現狀感到不滿意時，就會產生一股動力想突破現狀。因為氣自己無法回應自我的期許，無時無刻不感到氣憤，才會有動力。

不說這些了，我是大家都知道我討厭得獎作品的入間人間。

就某種涵義來說，這算是貫徹初衷。

我最近又重新看起《賭博默示錄》，才發現古畑的頭腦真的很好。因為花很多時間閱讀，連漫畫的圖也看得很仔細，所以能理解很多細節。古畑能當場在短時間內掌握伊藤開司的戰略，真是讓人佩服。我的感想就這些，沒其他好寫的了。

還有，伊藤開司最後的借款金額好像不太對耶。

這部分我打算以後再繼續跟大家分享，如果大家不討厭的話，也請多支持下部作品。

還有，我時而會有一個念頭，想寫女高中生拿著武士刀大鬧一場的故事。

我不是想寫大鬧一場的故事，而是想寫為了大鬧一場而努力的故事。

「我的手抽筋了！」攪拌納豆時突然露出痛苦表情的父親，以及親～愛～的母親，謝謝你們。謝謝！謝謝！另外，也要謝謝責編M編輯、O編輯和A編輯。還要謝謝植田先生。說了這麼多次謝謝之後，怎麼覺得變輕浮了？一定是因為無法像細胞一樣能分裂成多個相同細胞，所以最後越變越輕薄了。

感謝再次支持我的作品。雖然新年早就過了，但今年也請多多支持。

入間人間

國家圖書館出版品預行編目資料

神的垃圾桶 / 入間人間作 ; 林冠汾譯 .
-- 初版 . -- 臺北市 : 臺灣角川 , 2016.04
面 ;　公分

譯自 : 神のゴミ箱
ISBN 978-986-473-069-8(平裝)

861.57　　　105003276

輕文學
Light Literature

神的垃圾桶

原著名＊神のゴミ箱

作　　者＊入間人間
插　　畫＊植田亮
譯　　者＊林冠汾

2016年4月27日　初版第1刷發行
2020年9月4日　初版第3刷發行

發 行 人＊岩崎剛人
總 編 輯＊呂慧君
編　　輯＊林毓珊
美術設計＊邱靖婷
印　　務＊李明修（主任）、張加恩（主任）、張凱棋

台灣角川

發 行 所＊台灣角川股份有限公司
地　　址＊105台北市光復北路11巷44號5樓
電　　話＊（02）2747-2433
傳　　真＊（02）2747-2558
網　　址＊http://www.kadokawa.com.tw
劃撥帳戶＊台灣角川股份有限公司
劃撥帳號＊19487412
法律顧問＊有澤法律事務所
製　　版＊尚騰印刷事業有限公司
I S B N＊978-986-473-069-8